「尻尾も強張ってしまったね。触ってもかまわない？」
ぞくぞくするようなくすぐったさに尻尾がくねった。
「よさそうだね。しごくのはどう？」
「……っは、……ぁ、」

Cocktail Kiss Label

キャラメル味の恋と幸せ

葵居ゆゆ
Yuyu Aoi

この物語はフィクションであり、実在の人物・団体・事件等とは、いっさい関係ありません。

Contents

イラスト・古澤エノ

キャラメル味の恋と幸せ

つやつや光る飴色のタフィーは、キャラメルの甘くて苦い、いい匂いがする。香ばしいのは胡桃《くるみ》のおかげだ。アーモンドで作るより少し苦味の勝つ胡桃が、マウロは好きだった。

上手にできたと嬉しくなりながら、タフィーを粗末な木の台に並べる。最後につんできた野の花を小瓶に飾れば、「店」は完成だ。

半年間働き、切り詰めて生活して貯めたお金で借りられたのは、ノーチェの街が誇る天蓋つきの巨大市場の中ほど、目立たない場所だ。広さもほかの店に比べると四分の一ほどしかないが、生まれて初めてひらけるちゃんとした店だから、マウロには十分誇らしい。

今日もお客さんが買ってくれますように、と願いながらささやかな店を見渡して、通路に落ちた木の葉に気づいた。共用部分は市場の人たちが持ち回りで掃除をする決まりだが、この一週間で、毎日綺麗になるわけではないのだとわかってきた。

気になるときは自分で掃除をしていいと教わったので、倉庫に道具を借りに行って戻ってくると、マウロの店の前には男が二人、立っていた。何度か見たことのある市場の仲間だ。たしか魚の加工品を扱っている人たちだ、と思い出して、マウロは小さく身体を縮め、片手で頭を隠して挨拶した。

「おはようございます」

「ああマウロ、ちょうどよかった」

にやりとした男たちの視線が頭に向かう。見られているのは、茶色の髪から突き出す獣の耳だ。丸みを帯びた尖《とが》りのあるリスの耳は、小さいがしっかり存在を主張している。箒《ほうき》を持っているせいで片方しか隠せず、剥《む》き出しのもう一方の耳は、緊張と恥ずかしさでぴくぴくした。だぼだぼのズボンの中では、薄く縞《しま》模様のある尻尾《しっぽ》が強張《こわば》って垂れている。

故郷ほどではないけれど、ここヴァルヌス王国の首都ノーチェでも、獣人の地位は低い。人間よりも劣った種族だと、馬鹿にしたり蔑《さげす》んだりする人のほうが多いのだ。

じろじろと見てくる男たちの視線に耐えられず俯《うつむ》くと、男の一人が笑いまじりに言った。

「おまえ、市場に店を持てるならなんでもしますって言ったらしいな」

「――はい。言いました」

「じゃあ、市場の正面口を掃除しといてくれ。俺たちは忙しいんだ。おまえも用具を取ってきてやる気があるみたいだし、奉仕させてやるよ」

「組合長には、おまえがどうしても掃除がしたいと言ってたって伝えておく。あと三十分もすりゃ客が来るからな、苦情があったらマウロが謝っておけ」

横柄な口調で命じた男は、並んだタフィーを見てふんと鼻を鳴らした。

「こんなシケたもので商《あきな》いがしたいなんて、さすが獣人は図々しいな」

「馬鹿なんだろ、リスだから」

もう一人が大きな声で笑い、二人は連れ立って去っていく。すれ違いざまにどんと身体がぶつかって、マウロはぺたんと尻餅をついた。

「……っ」

男たちは振り返らない。近くの区画の店主たちはこちらを窺《うかが》っているが、誰も声をかけてはこず、マウロは痛みをこらえて立ち上がった。痛いのは尻尾やお尻だけでなく、胸の奥もだ。

(やっぱりみんな、獣人は好きじゃないんだよね。特に僕は流れ者だし)

ヴァルヌス王国は広くて豊かな国だ。穏やかな四季があり、農作物にも海産物にも恵まれている。美しい布や刺繍《ししゅう》は大陸一と言われるし、芸術も愛されていて、楽器作りで有名な街もある。外国との商いや交流も盛んで、中でも首都のノーチェは海に面しているため、人の出入りが激しい。その分よそ者には寛容だが、居着くとなれば別なのだろう。誰だって、得体のしれない相手は警戒するものだ。この国で見られる獣人といえば猫やうさぎ、きつねといった種族で、本来寒い地方にしか住まないリスはマウロだけだった。

(市場のみんなには、これから僕のことを知ってもらって、安心してもらわなくちゃ)

マウロは悪さをするつもりはない。真面目に働いて、いつかはタフィーの店だけで暮らしていけるようになれればそれでいい。邪険にされてもかまわないが、ここにいさせてほしいから、追い出されないためなら雑用を引き受けるのは苦ではなく、むしろありがたいくらいだった。

市場の正面口へと出ると、あたりには食べ残しの料理や割れた瓶、吐瀉物《としゃぶつ》が散らかっていた。夜のあいだ、ここで酒盛りをした者がいたのだろう。

ごみを箒ではいて片づけ、ブラシで汚れた場所をこすり、汲《く》んできた水で洗い流す。せっせと掃除していると、「おはよ」と明るい声がした。

「どうしたのマウロ。掃除当番じゃないでしょ？」

立っていたのは黒髪の一部を赤紫に染めた女性だった。鮮やかな赤と青の服が似合う、眦《まなじり》の上がった華やかな顔立ちはよく知っているもので、マウロは耳を隠しかけた手を戻した。

「おはよう、カシス。ここが汚れてるから、掃除しておいてって頼まれたんだ」

「もしかして魚屋のドーズたち？　あいつら、ほんとに怠け者なんだから」

顔をしかめたカシスは水の入ったバケツを持つと、勢いよくあたりにぶちまけた。

「押しつけられた仕事なんか真面目にやらなくていいのよ。ていうか、押しつけられちゃだめ。ドーズたちにはあたしががつんと言っといてあげるからね」

「でも、忙しそうだったから」

「市場が開く前に忙しいのはどの店だって一緒でしょ！　甘ったれたこと言ってんじゃないわ」

肩をそびやかせるカシスは、マウロとほとんど年が変わらないのだが、代々この市場で服飾店を営む家の娘で、本人曰《いわ》く「生まれる前から」ここに出入りしているらしい。そのせいか市場中で顔がきく。友達には獣人もいるそうで、マウロには初対面のときから親切にしてくれた。道端で野苺《のいちご》を売っていたマウロに、市場での店の持ち方を教えてくれたのも彼女だ。身長が一六三センチしかないマウロより背が高く、すらりとした見た目どおりに性格もまっすぐで、面倒見がいい。

ありがとう、と微笑《ほほえ》むと、カシスは呆《あき》れたようにため息をついた。

「もう、マウロはほんとに可愛いわね。怒らなくちゃいけないのに、その顔を見てるとあたしまで気が抜けちゃう」

「僕は平気だから、怒ってくれなくていいよ。掃除も、ずっと僕がやってもいいんだ」

「だめよ、みんなで分担する決まりなんだから。人間、怒るときは怒んないと」

めっ、と優しく叱る顔をしたカシスは、てきぱきとバケツを片づける。お客さんが来るよ、と急《せ》かされて屋根の下に入ろうとして、マウロは背後で突然響いた音に振り返った。

ドドン、という聞いたこともない大きな破裂音が、空から降ってくる。見上げるとオレンジの火花と白い煙が秋の青空に散っていた。隣のカシスが手を翳《かざ》して、同じように見上げる。

「花火だわ」

「はなび？」

「知らない？　お祝い事のときに城から上げられるのよ。夜だといろんな色が広がって見えて、本当に花みたいなの。今日はジルド王子の誕生日だから、朝と昼と夜、三回上がるから楽しみにしてて」

「そうなんだ。首都ってすごいね」

マウロの故郷の森はウェルデンという北方の国の端のほうにあって、一年中ひっそりとしていた。ウェルデンでも大きな街では花火が上がるのかもしれないが、マウロは見たことも聞いたこともなかった。

ずいぶん遠くまで来たのだな、としみじみ思う。

ここはあたたかいし、人も多くて、たくさん音がして、風にはときおり潮《しお》の匂いがまじっている。ひんやり暗い森とはなにもかもが違う、異国の都会だ。

もう帰ることのない森を思い出すと胸が苦しくなって、マウロは掃除道具を抱え直した。この街は好きだ。二年半放浪してきて、半年も住むことができる場所は初めてだった。誰もマウロの過ちを知らず、馬鹿にされることはあっても店も出させてもらえる。これ以上の幸せなんて望むべくもなかった。

片づけを手伝ってくれたカシスは、そのままマウロの店までついてくる。

「カシス、店番はいいの？」

「今日はパパがいるの。昼に交代するのよ。朝から来たのはマウロに会いたかったから」

いたずらっぽく笑ったカシスは財布を取り出して、銅貨を二つ机に置いた。

「おいしい胡桃のキャラメルタフィー、一枚くださいな」

「……ありがとうございます！」

ぴょこん、と耳が立ってしまうくらい嬉しくて、マウロはタフィーを一切れ、丁寧にハトロン紙に包んだ。受け取ったカシスはさっそく口に運ぶ。

「ん！　このかりかりの胡桃がいいのよね。今日もすごくおいしい」

「よかった。切れ端も持ってきたから、こっちもどうぞ」

台には並べなかった切り落としのタフィーを差し出すと、カシスはちょんとマウロのおでこをつつく。

「だぁめ。もったいないでしょ、それも袋につめて、まとめて売りなさいよ。普通のタフィーよりお得な値段にすれば、お客さんも喜ぶから」

「――カシス、すごいね」

マウロは驚いて服の中の尻尾を立てた。

「かたちが悪くて大きさも不揃《ぞろ》いな端っこを売るなんて、考えたこともなかった」

「無駄を減らすのが商いの大事なとこよ。マウロもこれから覚えないとね」

得意そうに笑ったカシスは、残ったタフィーを食べ終えると、マウロを頭からつま先まで眺め回した。

「ねえマウロ。余計なお節介かもしれないけど、パーティの服、あたしが用意してあげようか？」

「服？」

マウロは腕を広げて自分の服に目を落とした。すり切れかけのシャツにつぎはぎだらけの大きすぎる上着、それに枯れ草色のズボンというこつもの格好だ。大事に着てはいるけれど、古びて薄汚れてしまっている。

「それしか持ってないでしょ。似合ってるけど、せっかくのパーティだもの、おしゃれしなくちゃ。あたしが友達に借りてあげるよ」

「ありがとう、カシス」

親切だなあ、と嬉しくなりながら、マウロは首を横に振った。他人の優しさや親切は少し苦手だけれど、最近やっと、カシスに世話を焼かれるのには慣れてきた。

「でも、僕は行かないよ」

「行かないって、どうして？　ジルド王子のお妃《きさき》様を選ぶ、あの舞踏会だよ？　あたしたち平民も、マウロみたいな獣人も参加していいのよ？」

「それは知ってるけど」

先日から、街のあちこちに張り紙がされている。マウロは字が読めないが、みんなが話しているから内容は知っていた。今日二十六歳を迎えるジルド王子の結婚相手を選ぶため、五日にわたって舞踏会が催されるのだ。王太子である彼はいずれ王になるので、お妃は慣例にのっとって二人選ばれるのだが、王子の意向で宴《うたげ》には貴族の娘だけでなく、平民も、獣人も参加していいとのことだった。

「カシスは行くんだね。ドレス姿、素敵だろうなあ」

「もちろんあたしのドレス姿は素敵だけど、そうじゃなくて」

カシスは焦《じ》れったげに足踏みした。

「マウロは男の子だけど獣人でしょ。猫の獣人のメルメルも、うさぎの獣人のトトも行くって言ってたわ。もしかしたらお妃に選ばれることだってあるかもしれないのに、どうして行かないの？」

「そうだけど……」

獣人は男でも女でも身籠《みごも》ることができる。人より劣ると蔑まれる獣人だが、一方で愛玩したいと考える人間も多いのだ。国によっては獣人を好む人もいるというし、人間と結婚すれば、獣人同士よりも豊かな生活を送れると夢見て、妻になりたがる獣人もいる。

でも、マウロには関係のないことだ。

「僕はそんな華やかな場所に行けるような身分じゃないもの。それに王子様のお相手なんて、考えるのもおこがましいよ」

「いいじゃない、一緒に行きましょ。マウロはこんなに可愛いんだから」

カシスは両手でマウロの頬を挟み込んだ。

「あたしより小さくて守ってあげたくなるし、ふわふわの髪の毛は茶色で甘そうだし、目もキャラメルみたいでおいしそうよ。リスの耳もよく動いて可愛いから、食べちゃいたいくらい」

「食べ物みたいな褒め方だね」

思わず笑ってしまったけれど、カシスの気遣いは嬉しかった。姉がいたらこんな感じだったのかなと思いながら彼女の手をそっとどけようとすると、隣に店をかまえる男性が顔を出した。不機嫌な渋面をした彼はカシスとマウロを交互に見てぼそりと言った。

「やめておくんだな、城の舞踏会なんて」

いつにも増して機嫌の悪い声だった。細長いかたちの堅パンを売る隣の店主は気難しく、挨拶しても返事をしてくれない人だから、マウロはいたたまれなくてカシスの袖を引いたが、彼女は強気に言い返した。

「どうして？　いいじゃない、こんな機会、もう一生ないかもしれないもの」

「お妃になれると言ったって、相手はあのジルド王子だぞ。性格が悪くて、以前は氷の王子と呼ばれていたんだ。今じゃすっかり遊び人だが、冷たい性格だから長続きしなくて、貴族の娘は全員泣かされてるって噂《うわさ》だ。今回平民が舞踏会に参加できるようにしたのも、貴族が誰も結婚したがらないからに決まってる」

隣の店主は気分が悪そうに言い捨てた。

「のこのこ出かけたりしてみろ、毒牙にかかって捨てられて、それで終わりさ。うちの娘は絶対に行かせない」

「実物に会ったこともないんだから、噂が本当かどうかなんてわからないわ。王子様はこれまで真実の愛に巡りあってないだけかもしれないじゃない」

カシスは平然と肩にかかった髪を払ってみせる。

「だいたい、平民が選ばれるわけないでしょ」

「……カシス、さっきと言ってることが違わない？」

「もちろん、マウロみたいな可愛い獣人なら選ばれるかもしれないわよ？　もしくはあたしのように美しく賢い女ならね。でもまあ、普通に考えて平民と獣人はおまけでしょ。わかってるけど、パーティには行くの。だって――」

「だって？」

思わせぶりな口調につりこまれて、隣の店主も身を乗り出す。カシスは得意そうに微笑んだ。

「パーティなのよ！　豪華なご馳走がたくさん出るに決まってるじゃない」

「ご、ご馳走……」

それまで興味のなかったマウロも、つい喉を鳴らしてしまった。華やかな宴なんて分不相応だけれど、おいしい食事は魅力的だ。もう長いこと――少なくとも三年、満腹になるまで食べたことはない。街や村を転々とする生活のあいだは数日食べないこともしょっちゅうで、この半年は店を出すお金を貯めることだけを考えていた。

ぺたんこのおなかを押さえると、めざとく見つけたカシスがにんまりした。

「ね、マウロも行く気になったでしょ？　五日間のうち参加できるのは一度だけみたいだけど、こっそり袋を持っていけば、ご馳走が三日分は手に入るわ」

「三日分も……！」

「お城の料理人が作るんですもの、とびきりおいしいはずでしょ。食べないなんて損よ」

「うう……」

食べたい。今日の朝ごはんだってまだなのに、と何度も胃のあたりをさすると、ふいに笑い声が響いた。

「カシスは色気より食い気だね」

「ジャック様！」

ぱっと顔を輝かせてカシスが振り返る。マウロも目を向けると、立っていたのは背の高い、若い貴族だった。仕立てのいい服をやや着崩した立ち姿がひどく眩《まぶ》しく見えて、マウロは何度もまばたきした。

なんて綺麗な人なのだろう。薄暗い市場の中でも、つややかなプラチナブロンドの髪が輝いている。瞳も茶色というより金色で、端正な顔立ちに不思議な野性味を添えていた。手足は長く、肩幅は広い。身体は男性的な厚みがあるにもかかわらず、均整が取れているからか優雅な印象だった。薄めの唇が笑みのかたちになると、なんともいえず色っぽい。

丹念に世話を受けて育てられた、美しい虎《とら》みたいな人だ。

「きみ、初めて見るね」

ぼうっと見惚《みほ》れていたマウロは、顔を近づけて声をかけられ、ぽかんとしてしまってから慌てて飛び退《の》いた。

「っ、は、はじめ、まして。僕、一週間前からここで……お店を、持たせてもらえるようになって――」

緊張と驚きとで声が裏返って、マウロは身を縮めて上着を握りしめた。ふぅん、と呟《つぶや》いたジャックが、粗末な木の台を一瞥《いちべつ》する。

「なにを売っているの？」

「タフィーです。……その、北のほうのお菓子です」

故郷の森ではよく食べられていたタフィーは、ヴァルヌス王国では珍しいようだ。知っている人もいるのだが、安い庶民のお菓子だから、貴族には馴染《なじ》みがないだろう。よかったら、とさっきカシスに渡そうとした切り落としを差し出すと、彼は優雅に口に運んだ。

金色の目がくるっと丸くなる。

「これは――初めて食べたが、おいしいね。中に入っているのは胡桃？」

「はい。どんなナッツでもタフィーにできますけど、僕は胡桃が好きなので」

「リスだからかな」

ジャックが唇を舐《な》めて微笑んだ。視線が頭に向いていることに気づいて、マウロははっとして頭を押さえた。――耳を隠すのを忘れていた。

ジャックは興味深げにマウロの背後を覗《のぞ》き込んでくる。

「尻尾は？　リスの尻尾ならふかふかで大きいはずだ、しまったままだと窮屈だろう」

「えっと……そ、その、邪魔なので……」

「邪魔？　服の中にしまっておくほうが邪魔に感じそうだけど」

後退《あとずさ》るとその分距離をつめられて、マウロは両手で頭を押さえたまま俯いた。じろじろ見られるのには慣れていない。すみません、とわけもなく謝りそうになると、カシスがあいだに割って入ってくれた。

「ジャック様。マウロはあたしの弟分なの、いじめないで」

「いじめたわけじゃないんだけど——でも、怖がらせたみたいだね」

苦笑して、ジャックは隣の店に視線を投げた。

「いつもどおり、甘いのと塩味のを一箱ずつもらおう」

「毎度、ありがとうございます」

普段は無愛想な隣の店主が、丁寧に返して箱に堅パンをつめはじめた。二箱も買うのか、とびっくりしていると、カシスが耳に顔を寄せた。

「ジャック様はね、市場でいろいろ買って、裏の子供たちに差し入れてくれるの。あたしもよく知らないんだけど、とっても裕福な貴族様みたいで、親切なのよ」

市場の裏手には、働く人々の子供たちや孤児が集まる場所がある。学校でもなんでもないただの広場だが、博識な街の人や貴族が勉強を教えてくれたり、面倒をみに来てくれたりする。

ジャックもそうした優しい貴族の一人なのだとわかって、マウロはほっと肩の力を抜いた。獣人だから軽蔑されたのかと思ったけれど、単純にリスが珍しかっただけかもしれない。

両手に余る大きさの箱を二つ受け取ったジャックは、いったんマウロの店の木の台にそれを置くと、マウロに笑みを向けた。

「甘い食べ物としょっぱい食べ物、どっちが好き？」

「……僕ですか？　好き嫌いはないです」

「じゃあ両方あげよう」

箱から堅パンをひとつずつ取り、ジャックが差し出してくる。マウロは慌てて首を横に振った。

「そんな、いただけません！」

「怖がらせたお詫びだよ。カシスも、よかったらどう？」

「あたしはしょっぱいのにします。マウロも遠慮しなくていいのよ、おなかすいてるでしょ」

「でも、子供たちの分が減ってしまいます」

もう一度首を振って断ろうとした途端、盛大におなかが鳴った。はっとして押さえたが、大きな音が響き渡って、カシスもジャックも噴き出した。

「子供たちにはほかの食べ物も買うから大丈夫。おいしいから、食べてみて」

ほら、と鼻先に堅パンを近づけられ、目がすうっと吸い寄せられた。きつね色に焼かれた堅パンはいかにもおいしそうで、横でカシスが勝手に箱から取り、いい音をさせながら食べるのを見ると喉が鳴った。申し訳ないと思いつつ、ジャックから甘い堅パンを受け取る。

「じゃあ、ひとつだけ。すみません、ありがとうございます」

うん、と満足そうにジャックは頷《うなず》いた。マウロは俯いて堅パンをかじった。

(……おいしい)

パンなんて久しく食べていない。最近の食事といえば小さな畑で育てているかぼちゃか豆、森で採れる果実だけだった。

じわっと涙が出そうになってこっそり袖で顔を拭うマウロと、さっさと食べ終えたカシスとを、ジャックはじっと見つめてくる。

「カシスたちが王子のパーティに参加するのは残念だな」

「あら、どうして?」

「だって、その日は街にきみたちがいないということだろう? 可愛い子が二人もいなくなるなんて寂しいからね。二人とも、第一夫人と第二夫人に選ばれてしまうかもしれないし」

「ジャック様ってば、またそういう冗談ばっかり」

甘やかなジャックの声音に、カシスは楽しげに笑った。

「ちゃんと知ってますよ、ジャック様がお好きなのはもっと年上の女性でしょ」

「年下の子ともたくさんつきあってるよ」

「ジャック様はジルド王子と違って評判がいいの、ちゃんと知ってるんだから、悪ぶってもだめですよ」

カシスはそう言うとマウロを振り返り、安心させるように優しい声を出した。

「マウロも、そんなに緊張しなくて大丈夫よ。ジャック様はほんとに優しい方だから」

「カシスに褒められると嬉しいね」

本気なのか、そうでもないのか——ジャックはあっさりとした態度ながらもカシスに微笑んで、甘い表情のまま、マウロにも視線を向けてくる。

「このタフィー、全部くれるかな」

堅パンの最後の一口を飲み込んだところだったマウロは、びくりとして姿勢を正した。

「は、はい、九切れで、銅貨十八枚です」

「じゃあ、銀貨を二十枚あげよう」

取り出した財布から、ジャックは銀貨を二十枚、木の台に置いた。銀貨の価値は銅貨の二十倍だ。

「こんなにたくさん……困ります！」

「今日買う分と、前払いだよ。タフィーが気に入ったから、ぜひうちで作ってくれないか」

「——ジャック様のおうちで、ですか？」

タフィーを気に入ってもらえたのは嬉しいが、貴族の館《やかた》を訪ねるなんて絶対無理だ。彼の家族は眉をひそめるに違いないし、台所に入り込むのは使用人だっていやがるはずだ。

作って差し上げたいけど、と困って上着の裾を掴《つか》むと、ジャックは優雅に首をかしげた。

「マウロのタフィーは本当においしい。好きな味なんだ。できれば毎日食べたいから、家でも作ってもらいたいというだけだ。だめ？」

「マウロ、行ってきなよ」

横からカシスが口を挟み、マウロは眉を下げて彼女を見た。

「でも、貴族様のお屋敷なんて……」

行けないよ、と言おうとして、カシスが思いのほか真剣な目をしているのに気づき、マウロは口をつぐんだ。カシスはぎゅっと手を握りしめてくる。

「ジャック様が来てほしいって言ったんだから、そういうのは気にしなくていいのよ。あたしがマウロを王子様の舞踏会に誘おうと思ったのはね、おいしいご馳走はもちろんだけど、マウロはもっと、仕事以外のことをしたほうがいいって考えてるからだよ」

「仕事以外のこと？」

「だってマウロ、初めて会ったときから働きどおしでしょ。一日も休まなくて、おめかしすることも、おいしいものを食べることもなくて、友達だってあたし一人。市場にお店が持ちたくて頑張ってたのはよく知ってるけど、こうしてお店も持てたでしょ。半年も働きづめなんだもの、そろそろ息抜きも必要じゃない？」

「……カシス」

「ジャック様はそりゃあ、恋をしてはすぐ別れてばっかりだけど、でも優しい方よ。知っている中では一番誠実な貴族様で、庶民にも気さくに接してくださるの。——あたし、マウロは恋もしたほうがいいと思うな」

好きな人がいるっていいものよ、とカシスは片目を閉じてみせる。

「もちろん、ジャック様に恋をしなさいってことじゃないのよ。でも、いいきっかけにはなるでしょう。いやなことは断ればいいんだから、行ってらっしゃい」

「……」

「それにジャック様がタフィーを気に入ってくださったら、そのうち貴族様のあいだでもタフィーが流行《はや》って、大儲けできるかもよ？」

「……ありがとう、カシス」

彼女がこれほど自分を思いやってくれていたなんて、マウロは知らなかった。気遣いが嬉しく、そっと彼女の手を握り返した。

「すごくありがたいけど、ジャック様のお屋敷には行けないよ。今日はこのあと、宿の清掃の仕事なんだ」

「あの仕事、まだ辞めないの？」

カシスは露骨に顔をしかめた。

「紅竜館《こうりゅうかん》の主人は横暴でケチなので有名だし、息子は乱暴者じゃない。マウロにだってひどい態度でしょ？　表向きは普通の宿だけど、女の子たちが身売りしてて、逃げたがってる人も多いって」

「でも、獣人でも雇ってくれるところだから」

待遇は悪いが、辞めたらほかの働き口を探さなくてはならない。市場に店を持てたとはいえ売り上げはごくわずかで、生活していくには働かなくてはならなかった。

「それに、大変だけどいいこともあるんだよ。僕でも役に立てると思うと嬉しいから」

「マウロならほかの仕事でだってちゃんと役に立てるのに……仕方ないなあ」

カシスは不満そうにため息をついた。ジャックがその横から身を乗り出してくる。

「その仕事は明日までかかるの？」

「はい。泊まり込みで、終わるのは明日のお昼です」

「だったら明日、終わるころに迎えに行こう。紅竜館なら知っているからね」

「――でも」

できません、と断りかけて、マウロは言葉を呑み込んだ。

貴族の館に上がり込むなんて畏《おそ》れ多いけれど、固辞してジャックが機嫌を損ねるのはもっと怖い。せっかく市場の人たちともいい関係を築いているようなのに、マウロの態度のせいで子供たちへの差し入れがなくなっても困る。

それに、仮に彼がカシスの言うような「いい人」でなくてもかまわない。リスの獣人が珍しくて、かまってみたいならそれでもいいのだ。誰に迷惑をかけるわけでもないから。

（親切とか、施《ほどこ》しとかは受けるわけにはいかないけど、余ったお金はお返しすれば……）

タフィーを食べたい、と言ってもらえるなら、役に立てたほうがいい。

「わかりました。僕でよろしければ、頑張ります」

「うん。楽しみにしているよ」

嬉しそうに微笑んで、ジャックは堅パンの箱を持った。マウロが切れ端のタフィーも全部包んで渡すと、「ありがとう」と箱の上に載せる。カシスたちにも挨拶し、悠然と通路を歩いていく後ろ姿を見送っていると、カシスがつんつんと肩をつついた。

「よかったじゃない。マウロのタフィー、すごく気に入ってもらえて」

「うん。……今日の売るもの、なくなっちゃったけど」

「次の仕事までどこかで休んできたら？　お金ももらえたし、おいしいものを食べてきたらいいわ。こんな痩せっぽちじゃ、そのうち倒れちゃう」

カシスはマウロの頰とおなかに続けて触り、最後にぽんと背中を叩いた。

「マウロはもっと、自分のことを大事にしてね」

「……ありがとう」

優しさが胸に沁みて、マウロは苦しく思いながら微笑み返した。またね、とカシスに手を振り、飾っていた花を丁寧に束ねる。これは午後の仕事先へのお土産にしよう。一度家に戻って畑の草むしりをして、きのこを採りに行って。明日に備えて砂糖も買いに行こう。

（……僕は、忙しく働いているほうがいいんだ、カシス）

くたくたになるまで働くあいだは、なにも考えなくてすむ。たとえば故郷のこと。祖父のこと。蛇の腕輪の人のこと。

自分のおかした過ちについて。

どんなに働いて、人がいやがる仕事を引き受けたとしても、罪が帳消しになるわけではないとわかっている。けれど、マウロにできることはこれだけだった。なるべく役に立って、ひっそりと生きていくために——休まずに働くのだ。

マウロは自分がどこで生まれたか知らない。

両親と祖父はサーカスの一座にいて、あちこちの街を旅する途中で生まれたからだ。

マウロが生まれてすぐに母は亡くなり、母と舞台に立っていた父は裏方に回されたことを恨んで逃げてしまった。祖父とマウロはしばらく一座にいたけれど、マウロが四歳のとき、もともと悪かった祖父の目が完全に見えなくなってクビを言い渡され、故郷へと帰ることになった。

マウロが行ったこともない「故郷」は、ウェルデン国の北の端に広がる森だった。いつも不機嫌で厳格な祖父と、決して楽ではない道中を経て辿《たど》り着いたときには、やっと落ち着けると思ってほっとした。

けれど、一年を通して冷たいほど寒い森で暮らすリスたちは、マウロたちに優しくなかった。何十年も留守にしていた祖父はよそ者扱いで、その上目が見えず、働き手にならない幼いマウロを連れてきたということで、迷惑がられたのだ。

祖父は祖父で、自分たちを受け入れようとしない森のリスたちを馬鹿にし、それを隠そうとしなかった。長年サーカスで興行の売上を管理してきた彼は、賢いと自負していたのだ。

「金の勘定もできない田舎者が、わしを邪険にするなどとんでもないことさ。馬鹿につきあって馬鹿になる必要はない」

口ぐせのようにそう言う祖父は、森で採れるナッツや果実を買いつけに来る商人との取引に口を出しては煙たがられていたが、偉そうな態度を死ぬまで変えなかった。こっちが助けてやっているんだ、と譲らず、マウロにも「おもねる真似はするな」と言って聞かせた。

だが、目の見えない祖父とまだ五歳のマウロの二人きりでは、生活はどうにもならない。近所の家々に頭を下げて、食べ物や着るものを分けてもらいに行くのはマウロで、そのたびにいやな顔をされたり罵倒されたりするのは本当につらかった。

息をひそめ、目立たないようにして、なるべく村人たちの――そして祖父の機嫌を損ねない

ように と、身体を縮める癖はそのころついた。

離れた川まで魚を捕まえに行き、祖父に教わって畑を作り、集めた実やきのこを街まで売りに行ってお金を得られるようになるのには、森に住みはじめてから二年ほどかかった。

やがて十歳になると街で雑用仕事を手伝えるようになり、ずいぶん楽になったのだが、せっせと森の外に働きに行くマウロを、リスたちは快く思わなかったようだ。

森で暮らしてはいるけれど、仲間ではない。いなくなってほしいと思われていたのはマウロも祖父もよく知っていた。祖父は強がって「こんな森はいつでも出ていける」と言っていたけれど、年老いた彼に体力が残っていないのは明らかだった。だからマウロは言ったものだ。

「おじいちゃん、僕、この森が好き。リスがたくさんいる故郷だもん、ここが一番暮らしやすいよ」

半分は本当のことだった。しんと静かな森の中にいると気持ちが安らぐ。溜《た》まった落ち葉の匂い、晴れの日の陽《ひ》だまりのぬくもり。霧の日のすべてが乳白色と影色に滲《にじ》む景色、鳥の囀《さえず》りと羽音、緑の梢《こずえ》の鳴る音と、季節ごとの花の色。森は恵みも豊かで、木の実も薬草も、魚もきのこも手に入る。土地はどこでも耕せばいい畑になって、豆や小麦、芋を植えれば冬を越せるだけの食料も蓄えられた。

なによりマウロが嬉しかったのは、小さいとはいえ家があることだった。サーカスでは荷車で移動するから、地面に布団を敷いて寝るのが当たり前だったけれど、家なら寝台がある。屋根と壁のおかげで雨風にさらされることもなく、かまどに火を入れれば暖かい。台所には料理をする道具も置いておけるし、集めてきた実や作物を貯蔵しておく場所もある。生まれたときから放浪する生活しか知らなかったマウロにとっては、天国のように快適だった。

嫌われているとはいえ、殴られたり襲われたりするわけじゃない。街では獣人だと蔑まれることがあっても、仕事がもらえるのだからありがたかった。

十歳から祖父の亡くなる十五歳までは、穏やかで恵まれていた時期だった。同じ年頃のリスたちや、心優しい近所のおばさんが顔を見れば一応挨拶をしてくれるようにもなって、幸せだと思っていた。

祖父が亡くなったときでさえ、寂しかったけれど、つらすぎるということはなかった。口さがない大人たちが「せいせいした」などと言いつつも、おまえ一人なら受け入れてやる、という雰囲気になって、身寄りはなくてもここで暮らしていけると思っていたのだ。

あの日の夕方、街での仕事の帰りに、旅人に声をかけられるまでは。

――日が落ちてきてもうすぐ顔が見えなくなる、というその時間、彼は道に座り込んでいた。俯いているから具合でも悪いのかとびっくりして、「大丈夫ですか」と声をかけると、顔が上がった。のっぺりとして見える白い顔は、整っているようにも、ひどく醜《みにく》いようにも思えて、一瞬だけ怖かったけれど、微笑んだ口から出た声は綺麗だった。

「片足をくじいてしまいまして。できるだけ急ぎたいのですが、この先の森で泊まれる宿はあるでしょうか」

マウロは街のほうを振り返った。ちょうど街と森の中間あたりで、足が痛むなら引き返すのもつらいだろう。困っている彼を放っておくわけにもいかず、手を差し伸べた。

「よかったら掴まってください。森に宿はありませんが、僕の家でしたら、一晩泊めて差し上げられます」

「それはありがたい。ではお言葉に甘えて」

にっこりした男はマウロの手を掴んで立ち上がった。ズミヤーと名乗った彼は、マウロが獣人であることを蔑まないどころか、まだ子供のマウロにも、丁寧な態度を崩さなかった。

「本当にありがとうございます、親切にしていただいて」

生まれて初めて人間からそんなふうに感謝されて、マウロはすっかり嬉しくなった。

世の中には、こんなにいい人もいるのだ。

片足をかばって歩くズミヤーにあわせて帰る道すがら、マウロは聞かれるままに答えた。祖父と二人暮らしだったが、先日亡くなって今は一人なこと。街には働きに行っていること。森に住むリスの獣人は、全部で二百人ほどなこと。山には熊や狼《おおかみ》の獣人もいるので、皆危険を避けてひっそりと暮らしていること。森を通る山道を辿れば、北の凍土の国までそう遠くないこと。森に訪ねてくるのは年に二度の商人くらいなこと。

「都会の人には不便に感じるかもしれませんけれど、静かで、いいところですよ」

笑ってみせて、マウロは迷った挙句につけ加えた。

「でも、森のみんなはよそ者が好きじゃないんです。ご存じでしょうけど、獣人はこの国では地位が低いですし、リスは獣人の中でも、小さくて力も弱いので」

「なるほど、警戒心が強くないと生きていけないのでしょうね。わかりますよ」

ズミヤーは納得したように頷いた。

「では、きみの家にぼくが泊まったということも、知られないほうがいいんですね？」

「――はい。ごめんなさい」

「にもかかわらず泊めていただけるんですからありがたいですよ。大丈夫、ぼくは夜明け前に出発しますから、誰にも気づかれないと約束しましょう」

ズミヤーは微笑んで長い髪をかき上げた。暗がりの中、剥き出しになった腕ははっとするほど白く、そこに巻きついた腕輪が恐ろしく見えた。竦《すく》んだマウロに気づいた彼は、腕を差し出して見せてくれた。

「蛇のかたちの腕輪です。ぼくの家では代々、この腕輪が身の安全を守ってくれると言われていましてね。蛇が守り神だなんて珍しいでしょう？」

「――そうですね。初めて聞きました」

マウロは蛇が苦手だった。毒が怖いし、大型の蛇はリスの獣人の赤子も狙う。不気味にさえ感じるのだが、ズミヤーには努力して微笑んだ。善良そうな彼を傷つけたくなかった。

「でも、蛇は強そうだから、守り神向きかもしれませんね」

「……きみはとても優しいのだね」

ズミヤーは嬉しそうににこりとしてくれて、マウロもほっとした。

すっかり日が落ちてから家に帰り着き、ささやかな食事を提供すれば大袈裟《おおげさ》なほど感謝され、ズミヤーは打ち解けたように自分の話をしてくれた。都会の商人に雇われて、地方からさまざまな荷物を集めたり、届けたりする仕事をしているのだという。荷を扱うなら普通は荷車かなにかを持っているのでは、と疑問に思ったのもつかのま、彼が「どうぞ」と分けてくれた酒を口にすると、ふわふわしてどうでもよくなった。

初めて飲む甘い酒はたまらなくおいしく、飲みながら聞く南国の情景や珍しい食べ物の話が面白いと思ったのは覚えているのに、気づくと寝てしまっていたようで、もう朝だった。

テーブルの上にはいくつかの宝石と小麦の袋、綺麗な花柄の布が置いてあった。ズミヤーがお礼に置いていったのだろうが、一晩の宿代にしては多すぎる。

追いかければ返せるだろうかと布や小麦を抱えて家を飛び出して、マウロは森がいつになくざわめいているのに気がついた。道のあちこちで人が集まり、険しい顔で話しあっている。

「どうかしましたか？」

声をかけると、振り返った男がマウロの持つものに気づいて顔色を変えた。

「この——泥棒野郎！」

よけるまもなく、こめかみのあたりで衝撃が弾け、マウロは地面に転がった。殴られたのだ、とわかったときにはいくつもの足が迫っていて、背や腹を蹴られる。鈍い痛みにマウロはうずくまるしかなく、抱えていたものが散らばり、女たちがそれを拾い上げた。

「やっぱり、これはマールの家のよ！　買ったばかりの大事な布だわ」

「小麦はうちから盗んだに違いないわ。同じ袋だもの」

「宝石は村長のとこからだろう。なんて野郎だ」

つま先が胃のあたりにめり込んで、マウロは呻《うめ》きながら顔を上げた。

「違います！　僕は盗んでない。泊めた人が、お礼に――」

口走ってから「しまった」と気づいたが、遅かった。取り囲んだリスたちの顔色が変わる。

「泊めた？」

「まさかよそ者を森に入れたの？　誰にも断らず？」

襟元を掴んで持ち上げられて、マウロは苦しくて涙目になった。

「……足を、怪我していたんです。放っておけなくて……」

「そんなの、騙《だま》されたに決まっているだろう！」

怒鳴られて首を竦めたところに、さらに村人たちが駆け寄ってくる。うちもだ、こっちもだ、と口々に言う顔はどれも険しかった。そこに、髪を振り乱して若い女性が走ってきた。

「誰か……っ、誰か、うちの子を見なかった？」

「あんたのところの子供って、まさか赤ん坊のクルイか？」

「ええ。朝からみんなばたばたしていたでしょう。私も心配になって隣の母の家を確認していて、帰ってからベッドを見たら、いなかったの」

宙吊りにされたまま、マウロは呆然と涙を流す女性を見つめた。クルイはまだ歩けない赤子だ。勝手にいなくなるはずがない。

「――人さらいだ」

誰かが低い声で唸《うな》った。

「マウロが連れてきたやつが人さらいだったんだ！　そのついでに盗みも働いて持っていったに違いない」

全員の目が集中し、マウロは身体を縮めた。もう言い訳もできそうになかった。――たぶん、彼らの言うとおりなのだろう。あの旅人は盗人で、マウロは騙されて……うかうかと森に招き入れてしまったのだ。

「そいつも外の生まれだ。よそ者だってわかってるのに、住まわせてやるんじゃなかったな」

「信じられないわ。食べ物だって何年も分けてやったのに、こんな仕打ちをするなんて」

「さっき抱えていたのは盗みの分け前だな。持って逃げるつもりだったんだろう」

「そんなに出ていきたければいけばいい。ただし、おまえに持たせるものは木の葉一枚だってないぞ」

声にも、眼差《まなざ》しにも、深い憎悪がこめられていた。持ち上げていた男はマウロを放り出すと地面に押さえつける。

「焼印を持ってこい。罪人には印をつけないと」

「――っ」

そんな、ともがきかけると頭を掴まれ、マウロは泥の中に顔を埋める格好になった。生臭い土の味が口に広がる。乱暴な手が服を捲《まく》り上げ、背中があらわにされると、冷たい空気に震えが走った。

焼印なんていやだ。痛いし、この先どこに行っても、見られればマウロが罪人だとわかってしまう。マウロはなにも盗んでいないのに――。

(………でも、あの人を、森に入れた)

愚かにも騙されたのは、たしかに罪だ。街に戻って宿に泊まるよう言えばよかったのに、そうしないで連れて帰ったから――こんなことになった。

嫌われ者の祖父を追い出すことなく、食べ物も着るものも分けてくれ、マウロたちを助けてくれた森のみんなを、危険に晒《さら》したのだ。

「どうしてうちの子がさらわれなくちゃいけなかったの」

マウロのすぐそばで、女性が泣きじゃくった。

「やっと授かった子なのよ。どうして……どうしておまえがここにいて、あの子がいないの?

マウロがいなくなればよかったのに」

「――ごめんなさい」

謝るしかなくて、マウロは目を伏せた。歪《ゆが》んだ女性の顔を見続けることはできなかった。

その背中に、硬いものが押し当てられる。一瞬だけあたたかく感じたそれはすぐさま強烈な痛みに変わり、肌の焦げる匂いが遅れて漂ってきた。焼かれる痛烈な感覚に全身が痙攣《けいれん》する。

しっかり焼け、という憎々しげな声が遠く聞こえ、マウロは薄れる意識の底で思った。

次は、努力しよう。

故郷に帰ると聞いて嬉しかった森ではもう暮らせないけれど、次にどこか、住める土地に辿り着いたら、みんなに嫌われないようにしよう。過ちをおかさず、ちゃんと役に立てば、次はきっと――マウロにも居場所がもらえるはずだ。

働けなければ追い出されるサーカスでも、厳しい祖父にとっても、故郷でも、お荷物でしかなかった自分だけれど。

次は受け入れてもらえる場所で、生きていきたい。


宿の仕事は、夜のあいだはさほど忙しくない。厨房《ちゅうぼう》での洗い物や片づけをし、洗濯の終わったシーツや下着をたたみ、客に頼まれる雑用をこなしながら過ごす。大変なのは夜明けからだ。朝は食堂で出す料理の手伝いと皿洗い、それが終わると客室の掃除や洗濯が待っている。午後にはまた客が入るから、どの仕事も急いでこなさなければならなかった。

前が見えないほどの洗濯物を抱えて廊下を急いでいると、「おい」と苛立《いらだ》たしげな声が響いた。紅竜館の主の息子だ。彼の前をふさいでいるのだと気づいてよけようとして、マウロは抱えていた洗濯物をばらまいてしまった。

「なにしてるんだ！　邪魔だ！」

「申し訳ありません、すぐ片づけます」

背中を蹴られ、マウロは前屈《かが》みになって洗濯物を拾い集めた。背骨が軋《きし》むように痛む。

「すぐにやるって言うくせに、おまえはいつもどんくさいんだよ」

威張ってばかりの紅竜館の若旦那は、今日は特に機嫌が悪いようだった。目障《めざわ》りだ、と言い捨てて足音も高く去っていき、マウロは小さくなってため息を呑《の》み込んだ。彼を怒らせるたびに賃金が減るから、今日の分はきっともらえないだろう。宿の主人は息子にとにかく甘い。

集めた洗濯物を抱え直して裏庭へと急ぐ途中、別の使用人に怒鳴られる。

「いつまでかかってるんだ？　早く部屋の掃除をしてくれ、客が入れられないだろ」

「はい、すぐに！」

返事をして裏庭にある洗濯場まで洗い物を運び、走って三階の部屋に戻る。さっきまで客が居座っていたようで、まだ情事の匂いと湿気が立ち込めていて、マウロは窓を開けた。手早く床を掃除し、新しいシーツを寝台にかける。三階から二階まで、並んだ部屋の全部を掃除し終えたら、庭に戻って洗濯だ。

汚れた布や下着を一枚ずつ洗い、屋根のある干し場に広げてから、今度は共同の風呂場を洗いに走る。風呂場とトイレを磨いたあとで、昨晩たたんだ下着を宿で働く女性たちの部屋まで届ければ、マウロの仕事は終わりだった。

薄い布でできた扇情的な下着は、最初こそ恥ずかしかったけれど、もう慣れた。持っていくと、黙って受け取るだけの女性もいるけれど、「ありがとう」と微笑んでくれる女性もいる。一言でもお礼を言われれば嬉しくて、だからこそ、いやな思いをしても続けているのだった。

最後に洗濯場を片づけようと裏庭に出ると、赤い服を着た女性がひとり、椅子に座って煙管《キセル》を吸っていた。高く結い上げた黒髪が美しく、目鼻立ちのはっきりした顔が印象的な彼女は、マウロを見ると唇を弓なりにして微笑んだ。

「お疲れ様、マウロ」

「こんにちは、メイラン。洗濯物はお部屋に置いてきました」

メイランはここで働く女性たちの世話役で、年齢不詳の妖艶さがあった。一見近寄りがたいが、優しくてマウロのことも気にかけてくれる。手招きされて近づくと、白くたおやかな指でマウロの荒れた手を撫でてくれた。

「マウロは本当に働き者ね。花を休憩所に飾ってくれたのもあなたでしょう？　いつもありがとう」

「今日はそんなに大変じゃなかったですよ。メイランのほうがお忙しいんじゃないですか？」

いつもぴんと背筋が伸びているメイランだが、少し疲れているように見える。

「なにかいやなことがあったなら、僕でよければ聞きます」

メイランとは、仕事の終わりにときどき話をする仲だ。普段なら少女のように唇を尖らせつつ、他愛ない愚痴を言ってくれるのに、今日の彼女は寂しげに煙管に口をつけた。細く煙を吐き出して、「なにもないのよ」と呟く。

「いつもの貴族がしつこくていつまでも帰らなかっただけ。挙句に若旦那はわがままで主人はケチじゃ、うんざりもするわ」

投げやりな口ぶりに、マウロはただ彼女の手を握り返した。メイランは紅色で縁取った目を眇《すが》める。

「マウロこそ、若旦那に怒鳴られていたでしょ。あいつ、また賭博場で負けたみたい。殴られたりしなかった？」

「平気です」

「……マウロは、」

彼女がなにか言いかけたとき、「おや」とのんびりした声がかかった。どきっとして振り返ると、いつのまにか、裏庭の木戸から人が入ってきていた。プラチナブロンドの髪色に、マウロはぴんと耳を立てた。

「ジャック様！」

「あら、ジャック」

マウロが声をあげるのと同時に、メイランが嬉しそうに彼を呼んだ。知り合いなのかとびっくりして彼女を見ると、メイランも同じように目を見ひらいてマウロを見た。

「マウロもジャックを知っているの？」

「昨日、市場でお会いしたんです」

「マウロはお菓子を作るのがとてもうまいんだ。メイランは知っているかな、タフィーという菓子だよ」

「たしか北のほうのお菓子よね。マウロがお菓子を作れるなんて知らなかったわ」

メイランは煙管の灰を落とすと、立ち上がってジャックへと両手を広げた。ジャックは自然な動作で近づき、メイランの背中を引き寄せる。親しみのこもった抱擁のあと、彼女の顔を覗き込んでジャックは言った。

「私も知らなかったよ、メイランが紅竜館で働いているなんて。花燕館《かえんかん》はいつ辞めたの？」

「——もう半年も前よ。あなたがちっとも来てくれないから」

わずかに表情を曇らせ、メイランはそれでも笑みを浮かべる。

「まさかこっちでも会えるとは思ってなかったわ。ここにも春を買いに来たの？」

横で聞いていたマウロのほうがどきりとした。春を買う、というのは、娼婦に金を払って相手をさせるという意味だと、マウロも知っていた。

違うよ、と首を振ったジャックがマウロに視線を向けた。

「彼を迎えに来たんだ。うちでタフィーを作ってもらう約束だから」

「そうだったの、よかったわ。ここはぼったくりだからおすすめできないの」

軽やかに笑ってみせつつ、メイランはジャックから離れようとした。その手を、ジャックが素早く掴む。

「お嬢さんは元気？」

「――ええ、もちろん」

わずかな間をおいて、メイランはジャックの手を振り払った。マウロを振り返り、わざとらしいほどあでやかに微笑む。

「マウロとジャックが知り合いだなんて世間は狭いわね」

「僕もびっくりしました。メイランは、前からジャック様と知り合いなんですね」

「優しいのよ。客だけどすごく上手で、女の子のほうが夢中になるくらい。――マウロも、お菓子作りのあとで天国を見せてもらうのかしら？」

意味深に唇に指を当てられ、マウロはほんのり赤くなった。

「ち、違います。タフィーを作る約束をしているだけです」

「そんなに困った顔をしないで、冗談よ」

笑うと、メイランは気持ちを切り替えるようにため息をひとつついた。

「ジャックの顔を見たらなんだかすっきりしたわ。わたしも仕事に戻るわね」

「はい、頑張ってください」

長い裾を翻《ひるがえ》し、凛《りん》と背筋を伸ばして去っていくメイランを見送る。堂々とした後ろ姿に素敵だなあと感心し、マウロはジャックを見上げた。

「すみません、洗濯場を片づけてきますね。すぐ終わるので、待っていてください」

「ああ、木戸の外にいるよ」

ジャックは思案げにメイランの立ち去ったほうを見つめていたが、マウロにはにこりと微笑みかけてくれた。金色の目は笑うととろけるように甘く、マウロは曖昧に微笑み返して背を向けた。洗濯場で道具を片づけながら、落ち着かない気持ちで首筋を撫でる。

メイランの冗談のせいか、ジャックの視線が意味ありげに感じてしまう。ジャックはタフィーを気に入ってくれて、おそらくは施しや慈悲の気持ちで、「家で作ってくれ」と言っただけなのに、おかしな勘違いをするのは申し訳なかった。

ヴァルヌス国では獣人の地位は低いけれど、娼婦になることはほとんどない。人間同士よりも身籠りやすい獣人は面倒だと敬遠されているからだ。扱いに困れば放り出せばいいと考える国もあるなか、獣人にとってはありがたい環境だった。そういう国に生まれ育ったジャックが、敢《あ》えてマウロを抱きたがるとは思えない。

（カシスだって、ジャック様は優しいって言っていたもの）

メイランは疲れていたみたいだったのに、ジャックに会っただけで元気が出たようだ。それだけ、彼は人々に好かれているということなのだろう。貴族なのだから世の中のために難しい仕事だってしているに違いない。きっと誠実で、真面目で、善良な人だ。

（……でも、恋をしてもすぐに別れてしまって、大勢の人とつきあったことがあるんだよね）

本当に優しい人なら、相手だって別れたがらないはずだし、ジャックからも自分を慕う恋人を突き放したりはしないはずなのに——どうして誰とも長続きしないのだろう。

よくわからない人だ、と思うと少し不安だった。でも、とマウロは思い直す。

（もしジャック様が悪い人でも、僕になにかしたいとか、なにかさせようとか思っていても、べつにかまわない。ほかの人に迷惑がかからなければ、お役に立てるのは嬉しいことだもの）

道具を片づけ、家からお菓子の材料と道具を入れてきたリュックを背負って、笑顔を作る練習をしてから、木戸の外に出る。

「お待たせしました」

できるだけ明るく声をかけると、ジャックは「お疲れ様」と労《ねぎら》って歩きはじめた。

昼どきの街は賑《にぎ》わっている。そぞろ歩く旅人たちに、食事にしようと連れ立った労働者たち。

買い物途中の人や荷運びをする人、学校帰りの子供たち。豊かな街らしく、そこここから音楽が聞こえ、人々のまとう服はどれも色鮮やかだ。

ジャックは街外れに向かって歩いていく。ついていきながら、マウロは笑顔で話しかけた。

「ジャック様は本当にすごい方なんですね。メイランとも知り合いだなんて、驚きました」

「顔見知りが多いだけだよ」

「でも、あんなに嬉しそうなメイランは初めて見ました。彼女、ときどき僕に悩みを打ち明けてくれるんですけど、なにも助言ができないから、ただ聞くだけなんです。メイランはそれで十分だって言ってくれるけど……ジャック様は会うだけで喜ばれて、楽しい気持ちにさせられるなんてすごいです」

ジャックは気のない素振りで肩を竦めた。

「メイランは本当に元気が出たわけじゃないと思うよ。あれは強がってみせただけだ」

「でも、すっきりしたって言ってたじゃないですか。それにカシスだって。彼女があんなふうに楽しそうにするのは珍しいです」

「まあ、私は他人に好かれやすいように振る舞っているからね」

横目でマウロを見下ろして、ジャックはけだるげに前髪をかき上げた。

「みんな私には見返りを期待している。たとえば施しとか親切とか、快楽や心とかね。ほんの少し微笑んでみせるだけで、私が善良な人間だと思い込んで群がるんだよ。人間は結局、自分の益になる相手が好きなのさ」

「……そう、でしょうか」

「マウロもほしいものがあれば言うといい。メイランが言っていたみたいに天国が見たいなら、抱いてあげることもできるよ」

ふわりと眦を下げて微笑む表情は、完璧に優しく見えた。だがその言葉は、どこか露悪的に聞こえる。まるで彼の本当の姿は好かれない、とでも言うように。

マウロはなにか言い返そうとして言葉につまり、俯いて首を横に振った。

「僕は、そういうのはいりません。どうぞお気遣いなく」

硬い返事に、ジャックはくすりと笑った。

「怖い？　性行為が初めてで不安なら、私は相手役には適任だと思うけどね」

「したことはないですけど、ジャック様がお望みでしたら僕はかまわないんです」

マウロは思いきって顔を上げた。ジャックはカシスとも知り合いで、市場の子供たちにとっても大事な人だ。だからきちんと伝えておきたかった。

「でも、僕がなにかを望んで叶えていただくのでは、僕からジャック様にお返しできるものがありません」

「タフィーを作ってくれるじゃないか」

「あれはお代をいただいてますから。もちろん、多すぎるからお返ししますけど、お金の分、なにかほかのことをしろと言うなら、なんでもします。僕にできるのはほかの使用人の方で間にあうことばかりですけど、メイランたちみたいに春を売れと言うなら、それでもいいです」

「あれはもう払った金だから、そのまま受け取ればいいんだよ。私は貴族で、きみのように弱い存在を守るのも義務のうちだからね」

「でしたら、僕に払う分はほかの人に使ってください」

ぎゅっと上着の裾を握って、マウロはジャックの金色の瞳を見上げた。

「せっかく親切にしてくださったのに申し訳ありません。感謝していないんじゃないんです。タフィーならジャック様がほしいだけ作りますから、カシスとか、ほかの市場の人には、今までどおりにしていただけますか。もしお怒りなら、僕にはなにをしてくださってもいいので」

「……なにをしてもいい？」

「はい。なんでもです」

しっかり頷くと、ジャックは足をとめ、しげしげとマウロを見下ろした。興味深げな眼差しが頭のリス耳から足元まで何度もなぞり、マウロは緊張して立ち尽くした。

恩知らずだ、と怒鳴られることも覚悟はしていた。

けれど、長いことマウロを観察するように見つめたジャックは、結局ふわりと微笑んだだけだった。

「おなかがすいてきたな。急ごう、家はもう少しだから」

「――はい」

ほっとしつつも緊張はとけきらないまま、マウロは小走りにジャックを追いかけた。


ジャックの家は街の南側、海を見下ろせる高台を通る街道ぞいにあった。畑の中に家が点在するあたりで、石塀で囲われ、前庭が広い。古い建物は意外にもこぢんまりしていた。大きな胡桃の木が二本、門の両脇に立っていて、貴族の館というよりも裕福な農民の家のようだ。

「ここは私が個人的に使っている、別荘のような場所なんだ」

自らドアを開けたジャックに続いて、マウロはこわごわと足を踏み入れた。室内はごく静かで、誰もいないのかと思ったが、目が慣れるのと同時に奥から人が現れた。

「ジル――」

長めの黒髪をひとつに束ねた彼は、ジャックに向かって眉をつり上げかけ、マウロに気づいて口を開けたまま固まった。目を丸くして見つめられ、マウロは小さくなってお辞儀した。

「こ、こんにちは、初めまして」

「……ジャック様。昼からこんな子供を連れ込む気ですか？　しかも獣人じゃないですか！」

我に返った男性は咎《とが》めるようにジャックを睨《にら》む。

「いい加減にしてください。今日こそ戻るという約束だったのに、朝から勝手に抜け出したかと思えば、獣人だなんて……少しはご自分の立場というものを考えてください」

「うるさいよ、サラディーノ。マウロにはタフィーを作ってもらうんだ、もてなしてくれ」

「だいたいあれほどここには人を連れ込むなと――なんですって？」

がみがみ言いかけた男性――サラディーノは怪訝《けげん》そうに眉根を寄せる。ジャックはさっさと近くのソファーに腰を下ろした。

「タフィーだよ。北のほうの菓子だそうだ。すごくおいしいんだ。それにマウロはそんなに子供でもない。カシスが王子の舞踏会に誘っていたくらいだから、結婚できる年齢のはずだよ」

ちらりと金色の目で見られ、マウロは頷いた。

「十八になります。……台所、お借りしてもいいですか。よければさっそく作りますので」

「ああ、頼むよ。わからないことは彼に聞いてくれ、私の側近だ。サラディーノ、案内を」

「――わかりました」

不満げな表情でサラディーノは踵《きびす》を返した。こちらです、と言って先導はしてくれるが、よそよそしく、好意的とは言えない態度だった。年のころはジャックと同じくらいか、やや若いだろうか。しっかりした顎《あご》のラインが凛々《りり》しく、身体も鍛えてあるようだ。逞《たくま》しげな雰囲気が、マウロには少し怖かった。

家は中も庶民的な造りで、玄関を入ってすぐは応接間、奥のドアを開けるとほかの部屋の扉や階段のある短い廊下があって、台所は一番奥だった。窓からは裏庭が見え、棚や台の上には調理器具も揃っている。だが、長いあいだ使われていなかったようで、どれも沈黙しているように見えた。マウロは戸惑ってサラディーノを見上げた。

「あの……使用人の方や料理人の方はどちらですか？　使う前に、ご挨拶をしたほうがいいですよね？」

「この家に使用人はいません。雑用はこのサラディーノが引き受けています」

彼はため息をつきながら肩を竦めた。

「掃除くらいはできますが、料理はしませんからね。台所はほとんど使っていないんです」

「薪《まき》はありますか？」

「勝手口の外に。適当に使ってください」

面倒そうに言ってサラディーノは台所を出ていく。マウロは棚やかまど、オーブンの中を確かめた。かろうじて茶葉があり、やかんとカップを使った形跡があるから、お茶は淹《い》れているのだろう。

(よかった。さすがに茶葉までは持ってこなかったから……)

まずは埃《ほこり》をかぶったオーブンを掃除しから、さっそくタフィー作りにとりかかった。

切り分けたタフィーと焼きたてのかぼちゃパイ、ポットとカップをトレイに載せて応接間に戻ると、ジャックはけだるげな態度で手紙を読んでいた。マウロに気づいて、嬉しそうに顔を綻《ほころ》ばせる。

「ずいぶん前からいい匂いがしていたから、待ち遠しかったよ」

「タフィーは冷まさないと切れないので……お待たせしました」

ソファーの前の低いテーブルに並べながら、マウロは室内を見回した。

「サラディーノ様はお出かけですか？」

「二階の掃除をしてるんだろう。今呼ぶよ」

ジャックは手近に置いてあるベルを鳴らす。ほどなくサラディーノがやってきて、顔をしかめながら器用に鼻を動かした。

「この匂いはキャラメルですね。それとナッツと、シナモンだ」

「かぼちゃのパイとキャラメルナッツのドライケーキも焼いたんです。ドライケーキは寝かせたほうがおいしいので、今日はタフィーとパイです。パイは熱いうちにどうぞ」

「いただきましょう」

そっけなく言ったサラディーノはジャックの斜め向かいの椅子に座る。マウロは膝をついて二人のカップにお茶をそそいだ。さっそく口に運んだジャックがため息を漏らす。

「マウロはお茶を淹れるのも上手だね。サラディーノが淹れるのよりずっとおいしいよ」

「文句を言うなら、あなたの本来の居場所に戻られては？」

冷たい声で言い放つサラディーノも、お茶を飲むと少しだけ表情がやわらいだ。

「やはり自分で淹れるよりもいいものですね」

「気に入っていただけたならよかったです」

ほっとして、マウロはパイを切り分けた。湯気の立つかぼちゃがくずれて溢《あふ》れ出し、シナモンの香りが漂う。ジャックは口に入れると幸せそうな顔をした。

「これもうまいな。かぼちゃのパイだなんて初めてだ。マウロは天才じゃないか？」

「北のほうでは普通のパイですよ」

「でも本当においしいんだ」

ジャックはタフィーも手に取って、ぱきんと歯で割って目を閉じる。無言ながらも味わっているのが伝わる表情に、サラディーノも興味深そうに手に取った。

「こういう外国の菓子はおれはあまり――……ん、おいしいですね」

「そうだろう。毎日食べてもいい。キャラメルは何度も食べたことがあるけど、マウロのタフィーは香りがよくてこくがある」

目を丸くしたサラディーノに、ジャックはうんうんと頷く。二人の表情に、マウロも笑みを浮かべた。

「お砂糖だけじゃなく、メープルシュガーを使って作るんです。うちの近くで採れますし、味にも匂いにも独特の風味が出ておいしいんですよ」

「メープルシュガーか。ヴァルヌスではあまり馴染みがないね」

しげしげとタフィーを眺めたジャックは、思い出したように自分の横を叩いた。

「マウロも座って。ずっと立ちっぱなしで疲れただろう。お茶を飲むといい」

「そんな、僕は――」

一緒にテーブルを囲むわけにはいかない、と首を振ろうとしたが、ジャックはテーブルの上を一瞥して立ち上がった。

「皿もカップもきみの分がないな。持ってくるから座っていなさい」

ぽん、と大きな手が頭に乗って、マウロはぽかんとしてジャックの後ろ姿を見送った。

（……今、頭――撫でてくださった？）

誰にも、頭なんか撫でられたことはない。そういう行為は幼い子供か、愛する人にするものだから、マウロには縁がないのだ。

どうして、と頭を押さえると、「座ってください」とサラディーノの声がした。

「ジャック様のご命令ですから、どうぞソファーに」

「…………はい」

命令だと言われれば従わないわけにもいかず、こわごわと端に腰を下ろす。花模様が織り出された美しい布張りのソファーは弾力があり、お尻が沈み込む感触が落ち着かなかった。

ほどなく戻ってきたジャックは皿とカップを並べ、わざわざお茶もそそいでくれた。パイはサラディーノが切り分けて皿に載せてくれる。ほら、とフォークまで手渡されてしまい、小さく身を縮めて口に運ぶ。

濃厚に甘いかぼちゃの味は久しぶりだった。森にいるころ近所の人が分けてくれたかぼちゃのパイはマウロの大好物のひとつなのだが、かぼちゃは貴重な食料だから、放浪生活になってからはお菓子にしたことがなかった。

「タフィーも食べなさい。急がないと、私が全部食べてしまいそうだよ」

隣に座ったジャックはタフィーを三つ皿に載せてくる。片手にはちゃんと自分の分を持っていて、マウロはつい笑ってしまった。

「ジャック様、本当にタフィーを気に入ってくださったんですね」

「だって、甘くて苦いのが癖になるんだ。口に入れた瞬間は甘いんだが、噛んでいると苦くて、でもまた甘くなって、胡桃が香ばしくて、飲み込むとまた食べたくなる」

「僕もタフィーは大好きです。キャラメルの味がいっとう好きなんです。子供のころは毎日食べられないから、いつまでも味が消えないタフィーがあったらいいのにって思ってました」

願っても消えてしまう味が悲しくて、いつか、と夢見るようになったのだ。

いつか好きなだけタフィーを作りたい。毎日甘い香りに包まれて、みんなで食べて、幸せな気持ちになれたらいい、と。

「いつかは市場じゃなくて、ちゃんとしたお店もひらきたいんです」

微笑んでそう打ち明けてしまってから、マウロは慌てて言い直した。

「もちろん、獣人の僕が自分の店なんて、図々しいのはわかってるんですけど」

人が多く商いも盛んなノーチェの街で、個別の店を持てるのは限られた人だけだ。土地代も税金もかかるし、組合にも所属しなければならない。人間の店主だけで構成された組合に、よそ者で獣人のマウロが入れてもらえるとは思えなかった。

カシスにも言ったことがない夢なのに、うっかり口がすべってしまった。マウロは恥ずかしくなりながら、ポケットを探った。

「あの、昨日お代をいただきすぎたので、余った分はお返しします」

手のひらに載せて差し出した硬貨に、ジャックは眉を寄せた。

「昨日渡したのは、この家に来てもらう分も含めてだよ。それに、こんなに返してくれたら材料費にだって足りないだろう。パイもケーキも作ってくれたのに」

「材料の分はちゃんといただいてます。原価と商品の値段をいつもどおり計算して、ここにうかがって作る分を入れても、銀貨二十枚は多すぎます」

テーブルの上に硬貨を置くと、ジャックは意外そうな顔をした。

「きみ、計算が得意なのか？」

「はい。おじいちゃんに教えてもらいました。僕は文字は読めないけど、数字はわかるんです」

ささやかな自慢に胸を張ると、ジャックは優しげに目を細め、硬貨を再びマウロに握らせた。

「マウロは頑張り屋なんだね。いつか自分の店を持ちたいなら、そのためにも受け取っておけばいい」

「――でも」

「どうしても受け取れない？」

「……はい」

「では、多すぎると思う分は身体で払ってくれと言ったら、なにをしてくれる？」

「えっ？」

驚いて聞き返してしまうと、ジャックは優雅な仕草で首をかたむけた。

「きみにはなにをしてもかまわないと言っていたよね。春を売ってもいいとも言った」

「――はい、言いました」

マウロはこくんと喉を鳴らした。ここに来る前の会話を思い出す。嘘をついたわけじゃない。けれど、マウロは経験がないから、対価をもらえるほどのことができる気がしなかった。

言葉につまっているうちに、ジャックがゆっくり肩を撫でてくる。

「言い方を変えようか。きみを抱いてみたくなったから、一晩相手をしてくれるかな」

「ジャック様、馬鹿なことはしないでください」

サラディーノが険しい声で割り込んだ。

「ご自分の立場をお忘れですか。万が一にでもその子が身籠ったらどうするつもりなんです」

「どうもしないよ。今まで獣人相手は試したことがなかったなと気づいただけだ」

やんわりとジャックが言い返した。視線はマウロを見つめたまま逸《そ》らされない。

「きみも知ってのとおり、私はよく恋人がかわる。いろんな相手と試してみるんだ。できることなら私にも愛せる相手がいてほしいと願ってね。だがあいにく、今まで一度も、この人なら愛せると思ったことがない。寝てみて悪くないと思った相手はいるが、その人とさえ、この先ずっと同じ時間を過ごしたいとは思えないんだ。むしろ、一生この人間がそばにつきまとうのかと思うと嫌悪感が湧く。――愛する、というのがどんな気持ちなのか、わからないんだ」

「わからない……？」

「ああ、わからない。恋や愛どころか、誰のことも好きだと感じない。家族すら面倒だ」

「面倒……」

「鬱陶《うっとう》しいんだ。他人なんていないのが一番だが、生きている以上は仕方ない。私が他人に親切にしたり優しくしたりするのは、相手に好意があるからじゃないんだ。そうするのが最も効率がいいというだけなんだよ」

投げやりでもない、淡々とした言い方に、却《かえ》って胸の奥が痛んだ。

「今でも不思議に思うよ。どうして皆、他人と一緒にいたがるんだろう。いったい相手になにを求めて、惚れただの愛しているだの思うのか、理解に苦しむね」

ジャックの表情は優美で穏やかだけれど、空っぽの顔に見える。こんなに寂しい言葉を、マウロは聞いたことがなかった。

(ジャック様は誰からも好かれていて、尊敬だってされている人なのに……僕よりもジャック様のほうが独りぼっちみたい)

誰も好きになれなくて、誰といても苦痛しか感じないのはどんな気分だろう。想像すると世界が色を失っていくようで、マウロは視線を落として上着を掴んだ。

マウロも恋はしたことがない。それでも誰かを愛する気持ちは、なんとなくわかる気がする。たとえばおじいちゃんや、カシスのことも好きだし、メイランだって好きだ。

ジャックにはそれさえわからないとしたら、あまりにも可哀想だった。

独りきりなのは寂しい。孤独は、マウロにとっては一番つらいことだ。

「親は結婚しろとうるさいが、憂鬱でしかないんだ。いっそのこと、サラディーノと結婚できれば楽でいいんだが」

「冗談でもそういう愚かなことは言うものじゃないですよ」

サラディーノが小声でぶつぶつ言う。けれど彼の顔も、なんだかつらそうにマウロには見えた。ジャックは気にするそぶりも見せず、丁寧な手つきでマウロの髪を撫でた。

「これでも、できるなら他人を愛せるようになりたいと思っているんだ。マウロでも試させてもらえるとありがたい。それなら、菓子の残りの代金に、逆に上乗せして渡さなければならないだろう？」

マウロはまばたきしてこぶしを握りしめた。

彼のさみしい言葉が嘘だとは思えなかった。協力はしたいが、マウロが彼に愛してもらえるような立場ではない、と思うと、すぐに返事ができない。

「もちろん、いやなら断ってくれてかまわないよ」

「そんな、いやだなんて」

咄嗟《とっさ》に首を左右に振り、それで決心がついた。躊躇《ためら》う理由はないのだ。大事な身体ではないし、貴族の頼みを断るほうが失礼なのだから。

(それに、本当に愛していただくわけじゃないもんね)

「あの……不慣れですけど、よろしくお願いします」

ぺこりと頭を下げると、ジャックはなにが面白かったのか小さく噴き出して、そっとマウロの身体を押した。

「いい子だね。――サラディーノ」

「おれは一応忠告しましたからね」

しかめっつらのサラディーノが立ち上がってマウロを促した。

「まずは風呂で身体を綺麗にしてください。ジャック様が物好きで頑固なのは今にはじまったことじゃないですけど、せめて！　せめて清潔な相手と遊んでいただきたいですからね」

「……すみません」

今さらながら、着たきりでつぎはぎだらけの服が恥ずかしくなって、マウロは俯いてサラディーノに従った。

連れていかれたのは見たこともないくらい綺麗なお風呂場で、金の猫脚のついた白いバスタブの中にはたっぷりお湯が溜まっていた。

「中で石鹸《せっけん》を使って洗ってくださいね。お湯が汚れたら栓を抜いて、蛇口を捻《ひね》って新しいお湯を溜めなおしてください。タオルはここに置いておきますから、身体を洗い終えたらその汚い服は着ないで、タオルにくるまって出てくるように。ジャック様の寝室は二階の西の端です」

言うだけ言って、サラディーノはマウロの返事も待たずに出ていく。マウロは呼びとめかけた声を呑み込んだ。

服を脱ぐのはいたたまれない。背中には焼印があるから、できれば見られたくないのだが、罪人だとわかってジャックの気が変わったとしても、仕方のないことだ。咎められたら謝るしかないと腹をくくって、マウロは裸になった。

あたたかいお湯に身を沈めると、こんなときにもかかわらず、心地よさにため息が出た。石鹸は薔薇《ばら》の香りで、細かな泡が立って気持ちいい。髪まで洗ってさっぱりすると、却って得しているようで申し訳なくなった。タオルも大きくてふかふかだ。

せめてこのタオルの分だけでもジャックに満足してもらわなくては、と思いながらくるまって二階に上がる。教えられた部屋のドアを開けると、ジャックはベッドに腰かけて本を読んでいた。マウロに気づいて顔を上げ、「おいで」と呼んだ。

近寄ると隣に座るよう促されて、マウロはどきどきしながら腰を下ろした。ジャックはかるく眉根を寄せ、マウロの髪に触れる。

「髪も洗ったの？」

「はい。サラディーノ様が清潔にとおっしゃったので……だ、だめでしたでしょうか」

「だめではないけど、よく拭いておいたほうがいいね」

ジャックはマウロがくるまったタオルに手をかけると、身体から取り払った。急に裸を晒すことになり、マウロはぎくりとしたが、ジャックはすぐに頭にタオルをかぶせて、濡れた髪を拭いてくれる。

「もう秋だ。風邪をひかないようにしないと」

「短いから、すぐ乾きます。それに身体は丈夫なんです」

「こんなに痩せているんだから、油断するものじゃないよ。尻尾は大丈夫？」

「はい、もう乾いてます」

丁寧に髪を拭いてもらうのは、慣れない感触だけれど気持ちよかった。猫か犬にでもなったみたいでくすぐったい。逃げ出したいような落ち着かなさを我慢していると、だんだん気持ちがよく感じられてきて、マウロはわけもなくどきどきした。

人に触れてもらうのがこんなに気持ちがいいだなんて、知らなかった。ジャックの手つきは優しくて、大事にされていると勘違いしてしまいそうだった。

人を好きになれない、なんて言うけれど、ジャックはちゃんと優しい。タフィーを買ってもらえるだけでも幸せなのに、こんなふうに手をかけてもらえるなんて夢のようだ。

「……ジャック様」

「うん？」

「あの……ありがとうございます。僕、ジャック様のご命令でしたらなんでもします」

銀貨二十枚どころか、この先ずっと彼のために働かなくてはならないくらいの慈しみをもらっている。

真面目に言ったのに、ジャックはおかしそうに笑い声をたてた。

「それは楽しみだな」

胸のあたりに手が触れた、と思った直後には、身体がかしいでいた。背中からベッドに倒れ込み、マウロは思わず「わあ」と声をあげた。

「雲の上みたい……」

「雲？」

タオルをどけ、ジャックが顔を覗き込んでくる。マウロは手を伸ばしてシーツを撫でた。

「こんなにやわらかいベッドなんて初めてです。シーツも絹ですよね……あっ僕、すみません勝手に寝転んだりして！　今下ります」

起き上がろうとして肩を押さえられ、マウロは何度もまばたきした。ジャックは笑いをこらえる表情で、マウロの頬を撫でてくる。

「私が押し倒したんだよ。ベッドから下りたら愛しあえない」

「でも……えっと、こういう場合、僕が先にご奉仕するんですよね？」

半年も娼館を兼ねた宿で働けば、手順くらいは耳に入ってくる。買われた娼婦のほうが客の身体を愛撫し、口や手を使って性器に奉仕するのだと知っていた。

けれど、ジャックはたしなめるように唇に指をあてがった。

「マウロの知識がどんなものかわからないが、今日は私のやり方に従ってもらうよ。いいね？」

「――はい」

もちろん、否はない。よろしくお願いします、と呟くと、ジャックはゆっくり視線をマウロの身体に這《は》わせた。

「仰向けで尻尾は痛くない？　はじめはきみの顔を見ておきたいんだ」

「平気です」

背中に押しつぶされて少し痛むけれど、我慢できないほどではない。ジャックは「ありがとう」と微笑んで頭を撫でてくれる。飛び出したリスの耳に指が触れ、ぴんっ、と耳先が跳ねた。

「……んっ」

「きみは北の国の出身だね。ヴァルヌスに来たのは商いがしたいから？」

素性《すじょう》を問うような質問だ。ほんの少し顔が強張ってしまったが、仮にも抱く相手のことが気になるのは当然だろう。マウロは覚悟して口をひらいた。

「目的があったわけじゃないんですけど……住めるところを探していたらこの国に辿り着いて。ノーチェの街は獣人でも働けるところが多いって聞いたので、来てみたんです」

「家族はいないの？」

「母は僕が小さいころに亡くなって、父は行方不明になったので、おじいちゃんと二人暮らしでした。おじいちゃんも死んじゃって一人になったあと、故郷を出てきました」

「お祖父《じい》様が亡くなったのはいつ？」

「――十五のときです」

マウロの答えに、ジャックが訝《いぶか》しげに首をかしげた。

「市場に店を持ったのは一週間前だったよね。たしか、半年前から働いて金を貯めていたとカシスが言っていたはずだ。十五歳のときなら、三年前には故郷をあとにしてきたんだろう？ノーチェに来る前はどこにいたの？」

「……いろんなところを転々としていたんです」

定住しない者は少ない。大陸中を行き来する商人たちでさえ、根城になる家はどこかに持っているものだ。旅をしながら稼ぐ者たちもわずかにいるけれど、どこでも、あまり歓迎はされていない。ときにはあの蛇の腕輪の男のように、盗みや誘拐を働く者もいるからだ。

だが、ジャックは眉をひそめたりしなかった。

「十五はまだ子供だ。……大変だったね」

労う言葉がじんと胸に沁みて、マウロは息苦しい気がして喉を押さえた。なにかがつかえているみたいで、それでもかろうじて微笑む。

「でも今は、この街に住めていますから。小さいけど、ちゃんと家があるんです」

「この街が気に入ってもらえたなら私も嬉しいよ」

微笑み返したジャックが顔を近づけてくる。濃い金茶色の長い睫毛《まつげ》に目を奪われている隙に、ふわりとあたたかいものが唇に触れた。

「……、っ」

咄嗟に目を見ひらき、間近い金色の瞳に射竦められてまぶたを伏せる。重なった唇はかるく吸いついて離れ、二度目に重なってきたときには舌が触れた。熱くぬめるそれが、口の中に入ってくる。――キスだ。

「――ん、……ッ」

慣れない感触にびくりと背中が引きつり、下敷きになった尻尾が小刻みに震えた。反射的に逃げかけた身体は、けれど上からのしかかられているせいでほとんど動かない。裸の胸にぴたりと手のひらがあてがわれ、体温がひりひりと感じられた。

「……ふ、……つん、……っ」

吸われる唇のあいだから、口の中を舐められるくちゅくちゅという音が響く。大きくて厚みのある舌は熱く、自分の舌と触れあうと痺《しび》れる感じがした。半端に口を開けた状態が苦しくて、顎がだるい。息もうまくできないし、上顎を舐められるとくすぐったくてぞくぞくする。

なのに、どうしてだろう。頭がぼうっとして、まるで気持ちがいいみたいに、身体から力が抜けていく。

(お風呂に入ったときみたい……)

ジャックに触られるのは、どこでもとても気持ちがいい。全身が緩んで、溶けていきそうだ。じゅるっ、と音をたててマウロの舌を吸い、ジャックはようやく口づけをやめる。短い息をこぼして、マウロは目を開けた。長い指が、マウロの乱れた前髪をかき上げる。火照《ほて》ってしまった額に、ジャックの指は少し冷たく感じられた。

「可愛い顔になったね。気持ちよくなれてなによりだ。そのまま、力を抜いているといい」

指先がこめかみから首筋へとすべり、鎖骨のかたちをなぞり取った。微風で撫でられるようなかすかな感触と痺れに、目の奥で光がちかちかする。なにか言わなければ、と思うのに声が出ず、は、と息だけつくと、ジャックは安心させるように微笑んでくれた。

「触れられて感じるところがあれば、我慢せずに声を出してかまわない。私は声を聞くのも好きだからね」

「こえ……？」

「すぐにわかるよ」

ジャックは撫でた場所を追うように唇を寄せた。こめかみと首筋に口づけ、もう一度唇を重ねる。ひらきっぱなしだった口の中に舌が入ってきて、ひくんと震えた直後、胸にじりっとした痛みを感じてマウロは身をくねらせた。

「――ん、……ぁ、……っい、ぁ、」

「小さくて可愛い乳首だね。触られたことがないなら、少し痛むかな」

「だ、大丈夫です……っ、ん、……っ」

優しくつままれた乳首がじぃんとして、マウロは覚えのない感覚に戸惑った。そんなに痛くないはずなのに、響くような疼痛《とうつう》があって、それが腹まで伝っていく。後を追うように身体のあちこちが熱を帯び、落ち着かない気持ちになった。

（やだ……これっ、お、おしりが、動いちゃう）

ジャックは乳首をつまんだまま、こねるように指先でいじってくる。

「不安そうな顔をしなくてもいい。肌が染まってきて、とても綺麗だ」

「これは……っあ、熱くて、……ぁ、あっ」

きゅっとひっぱられると腰が浮き、マウロはシーツを握りしめようとした。でも、うまく力が入らない。かくん、かくん、と変なふうにお尻が動いてしまうのが恥ずかしい。上に覆いかぶさったジャックに、自ら下半身をこすりつけているようだ。

「すみません……っ、なんだか、むずむずして、……んっ」

「上手に感じられているね。見てみようか」

ジャックは身体を浮かせて視線をマウロの股間に向ける。つられて見下ろして、さあっと頭の中まで熱くなった。性器が、見たこともないくらい勃《た》ち上がっている。慌てて隠そうとすると、ジャックの指がそれに絡みついた。

痛みに似た鋭い感覚が、性器の芯を貫いた。

「――ッ、は、……ぁッ」

股間が竦むような、それでいて膨れるような、変な感じがする。ひくひくと性器が震えて、何度も短く声が漏れた。

「あ、ぅっ……、ぁっ、……ぅ、んッ」

「ここも可愛らしいな。獣人は蜜が多いと聞いたけれど、こんなに出るんだね」

にちゅ、と指がすべる。先端どころか幹まで濡れているのだとわかって、マウロはかぶりを振った。

「し、知りませんっ……こんなの……、で、出たこと、ないのに……っ」

「大丈夫だよ。なにもおかしいわけじゃない。気持ちがよければ誰だってこうなる」

「あっ、……ッア、や、……ぁ、あっ」

ささやかなくびれから先端に向けて、かるく絞るように刺激されると、弾けるような感覚が走り抜けた。ぷちゅりと孔から溢れた体液が尾を引いて垂れたかと思うと、続けて白いものが噴き出して、マウロは背中を丸めて身体を強張らせた。

「んぅっ……、ッ、……ふ、……ッ」

前に一度だけ、自分でそこをいじったことはある。宿で聞く娼婦の甘い声に羨ましさと寂しさがつのって、家に帰ってから「いつか」と夢想したのだ。いつか、もし愛しあう人ができたら、触れあうのはどんなに幸福だろう。そう思いながら自分で慰めて、達しはしたものの、あとに残ったのは侘《わび》しさだけだった。想像したほどの快感はなく、こぼれた精液は汚れて見えた。

なのに今は、白濁が幾度も噴き出しただけでなく、終わっても痺れが少しもおさまらない。身体の真ん中が熱くて、達したはずの性器が痒《かゆ》いように疼《うず》いた。

「すごいね。射精したのに、まだたくさん蜜が出ている」

興味深げに呟いて、ジャックが性器を撫で上げた。わずかな愛撫にもびくりと震えが走り、マウロは自分でもそこが濡れそぼっているのを感じ取った。壊れたみたいにだらだらと汁が伝い落ち、小さな嚢《ふくろ》までべたべたにしている。荒い息もおさまらず、マウロは腫れぼったく感じる目でジャックを見上げた。

「すみ……ませ……僕、こんな……っ」

「ああ、そんな顔をしないで。責めているわけじゃない」

「でも、僕だけ……い、……いく、なんて、」

「――きみは、ベッドの中でも変わらないな」

すうっと目を細めて、ジャックは呟いた。マウロはよくわからないまま首をかしげたが、彼はすぐに、額に口づけしてきた。

「きみが勝手に達したんじゃない、私が達《い》かせたんだよ。とても上手に反応してくれて嬉しい」

「……嬉しいなら、よかった、です」

「これだと慣らし油はいらないかもしれないね。後ろも見てみようか」

ジャックはマウロの太腿《ふともも》を掴むとやんわりと押しひらき、膝を高く持ち上げた。腰が浮き、不安定な体勢に腹がひくつく。赤ちゃんがおしめをかえるような格好だが、頭がぼうっと霞《かす》んでいて、羞恥はあまり感じなかった。

ただ、申し訳ない。ジャックがせっかく試す相手に選んでくれたというのに、なにも上手にできている気がしなかった。せめて従順にしようと、自分からも股をひらいて太腿を支える。

「これで……、見え、ますか？」

「うん、とてもよく見えるよ。垂れた蜜で濡れているね」

「……っぅ、……んっ」

かるく触れられたのは後ろの孔で、瞬間、ぞくりとするようななんとも言えない感覚が湧いた。横に流れた尻尾が小刻みにぱたぱたと動いて、ジャックが目を細めた。

「尻尾が下敷きでは窮屈そうだな。挿《い》れるときは顔を見ながらがよかったけど――マウロ、俯《うつぶ》せになろうか」

マウロは頷いて、だるい身体を反転させた。腰を上げて、と言われるままに後ろに尻を突き出して、尻尾が邪魔にならないよう横に倒す。

「息を吐いて、力まないように」

頷いて深く息をついた直後、窄《すぼ》まりの襞《ひだ》に触られたかと思うと、中に指が入ってきた。丸い異物に腹が竦み、マウロは短く息を呑んだ。

痛いのだろう、と思っていたのに、感じるのは異物感とくすぐったさだ。意識したことのなかった粘膜がぴったりジャックの指に吸いつくのがわかる。様子を窺うように指が沈んでくるのは、不安な感じがするだけでなく――なにか、予感のようなものが湧いてくる。

「……っ、ふ、……ッ、ん……っ」

びくびくと尻尾が揺れた。目の底が熱い。ジャックの指はゆっくり動いていて、優しく引いてしまうのがもどかしい。

（……奥……っ、もっと、奥……を、）

触ってもらえたら気持ちがいいのに。一度も経験はないけれど、なぜかわかる。身体の中の深い場所まで入れられたら、きっと、おかしくなるくらい気持ちいい。

お尻ごと尻尾を振ってしまいそうになり、マウロは呆然とした。

入れてほしい気持ちになるなんて、自分はおかしいのかもしれない。

「マウロの孔は慎ましやかなのに、とてもやわらかいね」

指を抜いたジャックが、襞をひっぱるように窄まりを広げた。冷たい空気が粘膜に当たり、意図せずびくんと太腿が震える。

「中の色も美しいし、痛みもないようだ。二本入れるのはどうかな？」

「――ッ、あ、……ぁ、あ、あっ」

ぬうっとさきほどよりも太いものが入り込み、マウロは額を枕にこすりつけた。内側から圧迫されるのがたまらなく気持ちいい。無理に広げられる怖さはあるのに、それでも気持ちがいいのだ。根本まで指が埋まって揺らすように刺激されれば、気が遠くなりそうなほど悦《よ》かった。

「……は、……っん、……ぁ、……んッ」

抜き差しにあわせて勝手に声が出る。視界がちかちかと揺れ、ひらいた口の端からは唾液がこぼれた。ずんと奥に届くと頭が真っ白になり、つま先までびりびりする。

――気持ちいい。

「尻尾が震えてるね。蜜も、またたくさん垂れてきた——マウロはペニスより、ここが好きなんだね」

ジャックは尻から背中へと撫で上げて、それから丁寧に指を抜いた。

「これなら、私のものでも苦痛がすぎるということはなさそうだ。——挿れるよ？」

「……っ！」

だめ、と言いたかった。これ以上気持ちよくなったら壊れてしまう。醜態《しゅうたい》を晒せば軽蔑されそうで、咄嗟に前へと逃げようとして、ぐっと腰が引き戻された。

「——ぁ、あ、ぁ、」

すっかり口を開けてすうすうする窄まりに、熱くて硬いものが当たる。指よりはるかに太いそれは襞を押し潰すように密着したかと思うと、マウロの中に侵入してきた。

「ひっ……、ぁ、……ッ、——ッ！」

焼けるほどの熱さに痛みを覚えた直後、ずっしりと重たいものに中を抉《えぐ》られて目眩《めまい》がした。

（さ……裂けちゃうっ……痛い……、痛い……っ）

圧倒的な質量はすさまじく、指のときのような快感はない。痛みは受け入れた場所だけでなく全身に広がり、腕まで痺れるようだった。

背後で、ジャックが深いため息をつく。

「さすがに狭いな。これ以上は挿れられそうにない。マウロも、苦しそうだけど大丈夫？」

挿入をとめ、ジャックはマウロの背中を撫でてくる。

「っ、へいき、……です、……んっ」

逃げ出したいほど痛いが、役目を忘れることはできなかった。快感を与えてもらうより痛いほうがいいと自分を叱咤《しった》して、マウロは力を抜こうとした。

だが、ぶるぶる震える身体はいうことをきかない。

「こういうときまで遠慮して、無理することはないんだよ」

ジャックの手は背骨を辿り、尻のほうまで静かに撫で下ろした。

「尻尾も強張ってしまったね。触ってもかまわない？」

「はい、……っどこでも、おすきな、とこを、どうぞ」

「きみの好きなところを触ってあげたいんだ。つけ根は好きかな？」

「……わ、わかりません、ん」

自分でも、尻尾はあまり触らない。でもジャックが尻尾のつけ根に触れ、揉《も》むように刺激してくれると、ぞくぞくするようなくすぐったさに尻尾がくねった。

「よさそうだね。しごくのはどう？」

「……っは、……ぁ、」

やんわり掴まれ、根本から先端に向けてしごかれると、くすぐったさがもどかしい熱に変わる。甘ったるく吐息が溢れ、マウロは背中を波打たせた。おさまったジャックの分身は存在を主張し続けていて、尻から下腹にかけてがじんじん疼く。痛いし苦しいのだが、優しく尻尾を撫でられていると、その痛みにも慣れてきた。くわえこんだ窄まりがひくついて、小刻みに尻が上下する。

「少し慣れてきたね。締めつけがゆるんでやわらかくなってきた。マウロの身体はとても協力的だ」

尻尾から手を離し、ジャックは腰から背中へと撫で上げる。嬉しいよ、と囁《ささや》かれ、後頭部から髪に指を通されると、うなじから尻尾のつけ根まで、甘く震えが伝った。

「ぁ……ジャック、さ、ま……」

頭を撫でられるのがたまらなく嬉しい。ほとんど無意識のうちに名前を呼ぶと、ジャックはぴくぴく動く耳も撫でてくれた。

「いい子だね。撫でるとよく中がゆるむ。もう痛くない？」

「ん……はい、……っ、だいじょ、ぶ、です……っ」

痛みが消えたわけではない。けれど褒められたのが誇らしくて、どうなってもかまわない気がした。裂けてもいい。壊れたってかまわないのだ。

深く息を吸って吐くと、今度はちゃんと力が抜けた。改めて腰を固定され、探るようにジャックの切っ先が内臓を押し上げてくる。鈍い吐き気をともなう痛みが生まれたが、それでもぬぷりと彼が入ってくるのは受け入れられた。

「ん……ぅ、……っは、……ふ、ぅっ」

「上手だよ、マウロ。そのまま、あとは楽にしていればいい」

「は、い……、ん、……っ」

下半身が燃えるようだ。指よりも深い場所まで硬い雄が差し込まれていて、腹が重たい。でもこれなら耐えられそうだと枕を握りしめ直し、ゆるやかに抜かれる感触に耐える。

「う……っく、……ぅ、んっ」

排泄《はいせつ》に似た危うい感じに声を漏らしてしまったマウロは、続けてぐんと突かれて、一瞬わけがわからなくなった。

「……つぁ、……、は、……、ぁ、あぁっ」

揺さぶられ、痛みと鈍い衝撃が襲う――はずが、かあっと全身が熱くなる。再び抜かれかけた雄蕊《ゆうずい》が力を込めて突き入れられ、悲鳴みたいな声が出た。

「ひ……んっ、……ぁ、……あ、あっ……!」

ずくん、ずくん、と動かれるたびに衝撃が走る。腰が大きくぶれ、目の前で火花が散る。ジャックの先端が抉る場所が爛《ただ》れたように感じられ、きゅうっと胸まで疼いた。

「は、……んっ、ぁ、あっ……ん、……は、……ぁッ」

「気持ちよくなってきたね、マウロ」

ほっとしたような声が降ってきて、ようやく気づいた。燃えるようにも溶けるようにも感じる、この感じは――指で中をほぐされたときと同じ快感だ。

いや、あれよりももっと激しい。ジャックが動くのにあわせて、痺れ、疼き、もどかしいほど痒く、熱く感じる。

「は、ぅ……っ、あ、……ん、ぁ、あッ」

「中に受け入れるのが気に入ったみたいだね。尻尾もたくさん動いてる」

ジャックはゆっくりと、しかし休まずにマウロを攻めながら、笑みを含んだ声で囁いた。

「素直に反応してもらえると私も幸せだよ」

言葉どおり、優しくて幸せそうな声に聞こえた。

けれどあまりにも落ち着いていて、マウロはわけもなく悲しくなった。

きっと、試してはみたけれど、期待するような身体ではなかったのだろう。愛してみたいと願いながら抱いても、少しも心が動かなかったに違いない。

自分が彼に愛されるなど、あり得ないとわかってはいた。でも、それでも寂しい。

「ごめ……なさ、い、ジャック、……さ、ま……っ」

「どうして謝るの？」

「だって……っぁ、……ぅ、……ッ」

「気にしないで、気持ちよくなりなさい。もう達きそうだろう？」

揺すり上げるように突いて、ジャックはマウロの頭に触れてくる。あやすように撫でながら、彼はついでのように耳の先に口づけた。

「マウロの好きなところをこすってあげるからね。可愛い声を出して、達ってみて」

「――っぁ、……っぁ、ア、……っ」

前後する動きが速くなり、渦をまく快感に息がつまった。腹の中がぱんぱんに膨れたようで、今にも弾けそうだ。けれど達してしまったら、またマウロだけが極めることになる。

(ジャック様……一度も、気持ちよくなれてないよね……)

せめて少しでも快感を味わってほしかったが、どうすればいいのかマウロは知らない。紅竜館の誰かに手ほどきをしてもらえばよかった、と思いながら、どうにかこらえようとした。

「ん……っく、……ん、ぅ、……ッ」

「我慢しているの? 中が震えてるのに、無理しないで」

よしよし、とまた頭を撫でられて、一瞬気がゆるんだ。その隙を待っていたように、ひときわ深く、肉棒が穿《うが》たれる。

「――っ、ぁ、……ぁッ、あ、……ぁ、あっ」

じゅぽじゅぽ音を響かせ、乱暴なくらいに刺激されればひとたまりもなく、マウロは尻尾を大きく振った。限界まで膨らんだ尻尾が痙攣するのにあわせて、きゅっと背中が反り返る。性器からは精液が噴き出して落ちたが、一番の快感は腹の中だった。

痺れる感覚が沁みるように広がっていく。内臓がびっしょり汗まみれになるような、えも言われぬ熱感に肌が痙攣し、幾度も腹がひきつった。

「……っ、は、……ッ、……っ」

射精とは違う、いつまでも尾を引く絶頂だった。

荒い息をつきながら余韻に翻弄《ほんろう》されているあいだに、まだ硬いジャックの分身が抜けていく。

ほどなく尻の上に重たい雫がかかり、マウロは苦い気分で枕に顔を埋めた。

(普通は……中で出すか、口に出すかするって聞いたのに)

結局、ジャックには楽しんでももらえなかったのだ。


「マウロ、あーんして」

オムレツを載せたスプーンを口元に近づけられ、マウロは困って視線を彷徨《さまよ》わせた。

朝の、食事の席だ。台所の隣の小さな食堂で、マウロはジャックの膝に抱き上げられていた。

その様子を、サラディーノが苦虫を噛み潰したような顔で眺めていて、もうひとりの人物はにこにこと見守っている。

「わたしのオムレツはジャック様もお好きなんですよ。マウロも遠慮しないでお食べ」

小柄で見るからに優しげな老齢の女性は、渋い桃色の服の上につけたエプロンがよく似合っていた。食卓には彼女が作った料理が並んでいる。サミーという名の女性は、ジャックが十三歳になるまで世話係をしていたのだそうだ。

「そのとおり、サミーのオムレツは世界一だ。ほら、あーん」

オムレツはもちろん、マウロだって好きだ。遠慮する気持ちがないわけではないが、口を開けられないのは遠慮よりも困惑のせいだった。どうしてジャックに抱っこされた状態で、彼に食べさせられているのか、わけがわからない。

わからないが、ジャックはずいぶん機嫌がよかった。

「あの……自分で食べられ、んぐ」

控えめに言いかけた途端スプーンが口に入ってきて、マウロは諦めてオムレツを咀嚼《そしゃく》した。一口だけ食べて、あとはおなかいっぱいですと言って帰ろう、と思ったのだが、口の中に広がる味に思わず目が丸くなる。

「……おいしいです！」

耳も尻尾もぴんとなるくらい、オムレツはおいしかった。ほうれん草ときのこがたっぷり入っていて、塩味がほどよく舌を刺激し、ハーブの香りが鼻に抜ける。ジャックが満足そうに頬をゆるめた。

「そうだろう？　たくさんあるから好きなだけ食べなさい。こっちのポテトとベーコンの重ね焼きもおいしいよ。パンには蜂蜜がいい？　それともジャムがいい？」

にこにこ聞かれて、マウロは居心地悪く身じろぎした。おいしすぎてうっかり言ってしまったけれど、こんな豪華な朝食を食べていい立場ではない。

「どっちも好きですけど……でもあの、」

「じゃあパンは二枚食べればいい。塗ってあげるよ」

ジャックはマウロの頭を撫でて、自ら蜂蜜の壺を取る。サラディーノが冷めた目で見ながらお茶をそそいだ。

「ずいぶんお気に召したんですね。わざわざサミーを呼んで朝食を作らせるなんて」

「まさかまたジャック様にお食事を作って差し上げられるなんてねえ。忘れずにいてもらえて、サミーは幸せ者ですよ」

サミーは目を細めて頬を赤くしている。これもどうぞ、とマウロの前に置いてくれたのは、具がたっぷり入ったスープだった。湯気が立っていい匂いだが、マウロは首を横に振った。

「こんなにたくさん、いただけません」

「まだほとんど食べてないだろう。マウロはもっと食べたほうがいいよ」

「でも僕、帰らないと。それに、お金もお返ししないといけません」

マウロはシャツの裾をひっぱった。着古した自分のものではなく、ジャックのシャツだ。元の服は昨日のうちに洗濯されていて、乾くまで、と借りているのだが、なめらかで真っ白な絹で、長すぎる袖を捲って着ていても気にならないくらい軽い。下半身は裸だが、シャツの裾が長いのでお尻はちゃんと隠れている。尻尾を前に回してきわどい股間を覆いつつ、マウロは自分の腰に手を回したジャックを振り返った。

「昨日の午後と、夜と……二回もお相手にしていただいたのに、お役に立てませんでしたよね。なのに、こんな夢みたいな朝ごはんまでいただくなんて、とてもできません」

「二回抱いたんだから、それだけ気に入られたと思えばいいのに」

ジャックは面白そうにくすくすと笑う。できません、とマウロはもう一度言った。

「それに、お布団もすごくふかふかでしたから。僕、ぐっすり寝てしまいましたし……」

「熟睡できたならなによりだ。さあ、いい子だからもっと食べて。食べないと、断るごとに金貨一枚押しつけるよ」

「金貨!? だ、だめです！」

「食べてくれればあげないよ。あーんして」

オムレツをもう一さじ掬《すく》って差し出し、ジャックは促すように顎を上げた。金色の瞳に見つめられ、仕方なく口で受けとめる。食べなければ金貨を渡す、なんて変な脅し方だが、タフィーが食べたいからと銀貨をくれるような人だ。

結局オムレツも重ね焼きもパン二枚もスープも食べさせてもらい、マウロはおなかをさすってため息をついた。

「もう、どうお返ししていいかわかりません。お風呂も気持ちよかったのに、こんなにたくさん食べられるなんて……一生分贅沢《ぜいたく》してしまいました」

「マウロにとっては私と寝たことより、ベッドや風呂や食事のほうが幸せなんだね」

ジャックはこらえきれないように喉を鳴らして笑う。肩が揺れていて、マウロは尻尾の毛をいじった。

「だってあれは……本当なら僕が奉仕すべきでしたのに」

二回目も、マウロは結局なにもしなかった。尻尾を可愛がられ、頭を撫でられ、あやすようにキスされてジャックの分身を受け入れて、喘《あえ》いで、達しただけだ。挙句にジャックはマウロを抱きしめて離さず、朝までベッドで眠らせてもらったのだ。

申し訳なさと羞恥で赤くなったマウロの頬を、ジャックは包むように撫でた。

「私はマウロの可愛いところがいっぱい見られて満足したよ。ある意味、これ以上ないほど奉仕してもらったようなものだ」

「――それなら、よかったですけど」

ジャックは優しいから、マウロが気にしすぎないように言ってくれているだけだろう。これ以上気遣わせるのも申し訳なくて、マウロは彼の膝からすべり下りた。

「あの、全部本当にありがとうございました。僕、家に帰りますね」

ジャックは眉根を寄せて首をかしげた。

「帰りたいの？」

「長居させていただく理由もありませんし、市場に並べるタフィーも作らなくちゃ」

「タフィーならここで作れるじゃないか」

「……でも、明日の午後はまた、宿での仕事が」

「あれは辞めたほうがいい」

ジャックはマウロの腰を引き寄せ、右手を頭に乗せた。

「宿の主人には私から言っておくから。もっといい仕事先も紹介しよう」

「僕でも雇ってくれるところがあるんですか？」

この街に来てから、いろんなところに働かせてくれと頼みに行ったけれど、獣人で小柄なマウロは敬遠されて、断られてばかりだったのだ。びっくりして目を丸くすると、ジャックは「もちろん」と頷く。

「きみに働いてほしい。仕事はタフィーをはじめおいしい菓子を作ることで、毎日ふかふかのベッドとあたたかい風呂がついているよ」

「――えっと、それって」

「この家に住み込みで働かないか？」

微笑んだジャックは優雅に首をかたむける。髪を撫でつける仕草は甘やかすかのようで、マウロは困って俯いた。

一晩試すだけとか、お菓子を作りに来るくらいならかまわない。けれど住み込みとなれば話は変わってくる。マウロには焼印があるのだ。罪人を雇ったなどと知れたら、ジャックに迷惑がかかるかもしれない。黙っているわけにはいかず、マウロは冷たい指先を握りあわせた。

「あの……昨日、ご覧になりましたよね。僕、背中に――」

「火傷《やけど》の跡、今も痛むの？」

ジャックが遮るように聞いた。はっと顔を上げると、金色の瞳が優しく細まった。

「痛むなら余計、しばらくは仕事しないで、私のそばで休んだほうがいいんじゃないかな」

「……休むわけにはいきません。傷跡は痛くはないんです」

もしかしたら、ジャックはこれが罪人の印だと知らないのかもしれなかった。説明しようと口をひらきかけると、ジャックは額をくっつけてきた。

「では働いてもかまわないから、私のそばにいてくれ。マウロを見ていると妹を思い出すんだ」

「――妹さん、ですか？」

妹がいるとは知らなかった。気まずそうにサラディーノとサミーが顔を見あわせたが、ジャックは笑って「ずいぶん前に亡くなったんだ」と言った。

「リデアは生まれたときから病弱でね。厄介だと思って、私は敬遠していたよ。だが、努力家ではあった。自分のことより他人のことを気にする性格で、冷たい兄だった私にも懐いていて、勉強を教えてくれと頼んできたけど……一度も優しくできないまま、十歳で死んでしまった」

「それは……残念でしたね」

家族が亡くなるのはつらいことだ。まして幼い妹ならなおさらだろうに、ジャックは優美に首を横に振った。

「好きでもない妹だったから、死んでもどうでもよかったよ」

「――そんな！」

あまりの言い草にマウロはつい声をあげかけたが、昨日のジャックの言葉が頭をよぎって口をつぐんだ。

誰も愛せない、と彼は言ったのだ。家族さえ面倒だと。

「だが、両親が妹を愛していたのは知っていた。扱いづらい冷酷な息子よりも、性格がよくて誰からも愛される妹が可愛いのは当然だ。特に父は溺愛していたから、悲しみのあまり自分も寝込むほどでね。少しだけ、申し訳ないと思ったんだ」

ジャックは幾度もマウロの髪を梳《す》いた。

「両親に愛されたいとは思わないが、あまりに悲しまれるのは面倒だった。私はべつに生きることには執着していない。だから、私が妹のかわりに死ねればよかったと思った。誰かが嘆き悲しむよりはそのほうが楽だからね。もちろん、妹が死んだ事実は変わらない。せめてもう少し、私が妹に似て見えれば両親も悲しむのをやめるかと思って、妹を真似ることにしたんだ。他人には親切にして、貴族の義務はきちんとこなす。弱きものは助け、会話をするときは優しくする。幸い私は優秀な人間だから、造作もなかった」

マウロは黙ってジャックの瞳を見返した。宝石か星のように美しい金色が、あまりにも悲しく見える。

「変わった、と言われたよ。妹のことを愛していたのだろうとも言われて、周囲の評価もよくなった。父も母も喜んだけれど——人間の本性は変えられないものだ。妹の真似はできても、彼女のように心から他人を愛することはできない。所詮私は偽物だ。最近では、妹がどう振る舞っていたかもよく思い出せなくなった」

「……ジャック様」

「でもきみは妹に、リデアに似ている」

ジャックはマウロの額に、そっと唇を押し当てた。

「他人のために行動するのが、きみは苦もなくできるだろう。マウロがそばにいてくれたら、私ももう少しまともな偽物になれそうな気がするんだよ」

（まともな偽物だなんて……）

さみしい言い方だ。まるでジャックが彼自身を嫌っているように思えてきゅっと胸が疼き、マウロはキスされた額を押さえた。

たぶん、自分はジャックの妹とは似ていないだろう。彼の妹は、愚かなことをして恩を仇《あだ》で返すような罪人ではないはずだ。でも、なにかが「似ている」と思われたなら、マウロ自身が気に入られたのだというよりはずっと納得できた。

普通、素性のしれない獣人にかかわりたがる人はいない。それでもそばに置こう、と考えるくらい、ジャックは妹の面影が——身代わりが必要なのだ。

きっと、失って初めて愛している、と気づいたから。

マウロはおずおずとジャックの手を握った。

「ジャック様は、ご自分で思うよりずっと、愛情深い方だと思います」

「それはありがとう」

「お世辞とか、適当に言ってるんじゃないです。だって、ただ優しいふりをしているだけなら、街の人たちにあんなに好かれたりしないと思うし——本当に冷たい人は、妹さんが亡くなってお父様が悲しんでいても、申し訳ないなんて思わないはずです。ジャック様はきっと、自分でも気がつかないような心の底で、ご家族を愛していらっしゃるんだと思います」

「私は自分が楽な方法を選んだだけだよ」

「でも、僕は好きです」

優美に整った顔を見つめ、マウロは言った。

「それが一番楽な方法だとしても、本心じゃなくても、優しく振る舞えるなら立派です。……ちょっとだけ、僕にもわかる気がするから」

「わかる?」

意外そうにジャックが目を瞠《みは》る。

「はい。僕も……自分がおかした過ちを償えたらいいなとよく思うので。してしまったことはなかったことにはできないから、許してもらえなくても当然だけど、せめてこれからは迷惑をかけるんじゃなくて、役に立ちたいなって思うんです。……もちろん、ジャック様みたいに完璧には、僕はできていませんけど」

マウロはそう言ってから、ジャックがなにか言いたげにまじまじと見つめていることに気づいて、焦ってかぶりを振った。

「すみません、ジャック様はなにも悪いことをしてないのに、似てるだなんて思うのは失礼ですよね。ごめんなさい」

「いや、嬉しいよ」

ジャックは短いため息をついてマウロを抱き寄せた。

「きみの、そういうところが——私は」

独り言を呟いて強く腕で囲われ、マウロはどきりとして身じろいだ。椅子に座ったままのジャックはマウロの胸に顔を埋めている。困って両手をわたわたさせてしまってから、マウロはそっとジャックの頭を包んだ。

(きっと、とても寂しいんだよね、ジャック様は)

じんと沁みるように胸が熱かった。絹糸のようになめらかなプラチナブロンドを、慣れない手つきで撫でる。

「僕でよければ、おそばにいます」

「――うん。頼むよ」

「でも、ここで働かせていただけるのはとっても嬉しいんですけど、一日か二日に一回、自分の家に戻ってもいいですか？」

「どうして？」

ジャックが顔を上げる。

「ここは居心地が悪いかな」

「小さいですけど、畑があるんです。植えている作物の世話をしないと」

「――きみ、畑まで作ってるのか。お菓子を作って市場で売って、宿で泊まり込みで働いてるのに？」

どうしてか、ジャックは呆れ顔だった。マウロは首をかしげつつも頷いた。

「その分、食費とお菓子の材料費が浮きますから」

「マウロが倹約家なのはよくわかったよ。――きみの家には、私も連れていってくれ。畑も家も見てみたい」

「お見せするほどのものじゃないですけど、いいですよ」

「よし、じゃあ決まりだね」

嬉しそうに顔を綻ばせ、ジャックはもう一度マウロの胸に顔を埋めた。

「きみは……とても可愛いな」

しみじみと、感慨深げな声だった。そんなに可愛くはないと思うけれど、とマウロは尻尾を上げ下げした。顔立ちは地味だし、美しいとか綺麗だとか言われたことはない。小柄でリスだから、子供っぽく見えるのかもしれなかった。

サラディーノが盛大なため息をつきながら、わざとらしく皿を重ねはじめた。

「おれとしては、素性もよくわからない獣人だなんて、立場を考えたら賢明な行動だとは思いませんけどね」

「サラディーノ、そんなふうに言わないの」

サミーが温和な顔を曇らせてたしなめるが、サラディーノはつんとそっぽを向いた。

「ジャック様は常識がないので、おれが致し方なく一般的なことを申し上げてるんです」

「わたしは嬉しいですよ。ジャック様はずーっとお寂しい方だったもの」

サミーはエプロンの端で目元を押さえた。

「いっつもおひとりで……リデア様が亡くなってからは彼女が乗り移ったみたいだなんてみんな言いましたけど、わたしには余計に寂しく見えたもんですよ。それが、こんなふうに嬉しそうに気に入ったと言っておいでなんだから。それにジャック様だって、なにも今すぐマウロと結婚するっておっしゃったんじゃないでしょう」

「結婚なんて言い出したらもっと怒ってますよ、おれは」

サラディーノは抱きしめられたままのマウロを見て眉をひそめ、冷ややかに言った。

「でも、ジャック様の気まぐれやわがままはいつものことですから。どうせその子だって、ひと月もしないで飽きるに決まっています」

「そうだね。今までどおりなら、マウロにも飽きてしまうんだろうな」

ジャックは他人事のように言う。ほら見ろ、という顔で、サラディーノはため息をついた。

「聞いたでしょう。ジャック様はこういう方なんです。マウロも、勘違いして浮かれないことですね」

「——はい、わかっています」

釘《くぎ》をさされるまでもなく、自分の立場はわきまえていた。

ただ、突き放せないだけなのだ。貴族で、本当ならなにひとつ似ているところがない人だけれど——。

(ジャック様の気持ちが、わかる気がするんだ)

マウロには、お金を使ってなにかを買ったり、他人を上手に慰めたり助けたりはできない。

でも、お菓子を作ってそばにいるだけで、少しでもジャックの寂しさが癒せるなら、精いっぱい応じたい、と思うのだった。

穏やかな秋の日差しを浴びながら街を横切り、西の港とは反対側の街の外に出ると、ほどなく森が迫ってくる。街道を逸れて高い城の尖塔《せんとう》も梢で見えなくなるまで森の小道を進み、目印の岩からさらに茂みをかきわけて入った先に、マウロの造った小屋はある。

昼でも暗い森の中、大きな木に寄りかかるように建てた粗末な小屋に、ジャックはしばし絶句したあと、マウロを振り返った。

「本当にここで暮らしているのかい？」

「はい。けっこう快適なんですよ」

マウロはドアを開け、ジャックを招き入れた。一間しかない造りだが、どうせ一人だから十分な広さだ。苦労して作った作業台兼テーブルと椅子、枯葉を集めて布をかけた寝床やぼろ布を編んだ足元のラグマットを、ジャックはしげしげと眺めた。

「これ、全部マウロがひとりで作ったの？」

「はい。ちゃんとかまどとオーブンもあるんです。お鍋もフライパンも揃ってます。僕、お菓子だけじゃなくて料理もできるんですよ。食料はこの棚に保存してます」

壁際の棚から、マウロは瓶を取って見せた。

「これは野苺のジャム。最後のひと瓶だから、大事に食べてるんです。夏に収穫したかぼちゃもほら、まだ三つ残ってます。それからこれは干しきのこ。このへんの森でも、夏から秋はたくさんきのこが採れるので助かってます。胡桃はそろそろなくなりそうなんですけど、木は見つけてあるので、たくさん採って貯めておこうと思ってるんです。あと、これ！」

マウロはとっておきの瓶を、興味深そうにしているジャックに差し出した。

「いなご、たくさん捕まえられたんですよ！　たっぷり塩を使って煮たから、冬まで重宝しそうです！」

「い……なご？」

すうっとジャックの顔が青くなった。

「いなごってまさか、あのいなご？」

「？　どれかわかりませんけど、バッタです」

「虫じゃないか！」

怯えた顔でジャックは後退り、マウロはぽかんとして手にした瓶を見つめた。

「もしかしてお嫌いですか？　このあたりでも食べますよね。カシスも好きだって言ってましたけど……あ、そうか、貴族の方は食べないんですね」

「話に聞いたことはあるよ。――きみはすごいな」

嘆息し、ジャックは椅子に腰かけた。

「家をひとりで建てて、食料も自力で集めてくるなんて、働き者だ」

「普通ですよ。今は街で働けてるし、落ち着いて住める場所があるんだから、贅沢です」

マウロは水甕《みずがめ》からやかんに水を汲み、かまどに火をつけた。

「お茶を淹れますね。ハーブティーですけど……お湯が沸くまで、裏の畑を見てみますか？」

「うん、見せてくれ」

外に出て、大きな木の裏に回ると、ささやかな畑になっている。

「今植えてあるのは芋です。そろそろ収穫の時期なので、掘ってみましょうか」

小さなスコップでざっと掘り、頭が見えてきたら傷をつけないよう手で土をよける。

「このつるをひっぱってみてください」

「わかった」

神妙な顔をしたジャックがつるをひっぱると、やわらかい土からすぽっと芋が抜けてくる。

赤紫の丸いかたちに、ジャックはぱっと顔を輝かせた。

「すごいな、本当に芋だ！」

「収穫するときって嬉しいですよね。大きくておいしそうです」

「ほかのつるもひっぱってみていい？」

「どうぞ。先にちょっと掘り返しますから、そしたら引いてくださいね」

子供みたいにはしゃいでいるジャックが微笑ましくて、マウロはせっせと土を掘った。五個ほど芋を収穫し、日陰に並べる。

「芋って最高ですよね。焼いてよし、蒸してよし、揚げてよしで、おなかもいっぱいになりますし、塩味もあうし甘くしてもおいしいし、スープに入れても最高です」

「そうだな。自分で収穫したせいか、今までになくおいしそうに見えるよ」

ジャックは感慨深げに並んだ芋を眺めている。マウロは「お茶にしましょう」と誘った。水で手を洗ってもらい、ハーブティーを淹れて出すと、ジャックは深いため息をついた。

「改めてマウロを尊敬するよ。きみのほうが、私よりずっとたくさんのことができる」

実感のこもった声に、マウロはくすくすと笑ってしまった。

「畑仕事なら、コツを覚えればジャック様にもできますよ。僕なんて覚えは遅いほうでした。いつもおじいちゃんに叱られてばっかりで」

「お祖父様は厳しい人だった？」

「はい。でも、いろんなことを教えてもらいました。僕がひとりで暮らせているのも、おじいちゃんのおかげです。さっきのいなごだって、捕まえ方も煮る方法もおじいちゃんが教えてくれたんですよ。ほかにも、食べられるきのこと毒きのこの見分け方とか、タフィーの作り方、魚の釣り方、薬草の種類――なんでも教えてくれました」

「マウロは薬草までわかるのか」

「はい」

頷いて、マウロは懐かしさで痛む胸を押さえた。

「僕、生まれたときはサーカスの一座にいて……ずっと旅して回っていたんですけど、おじいちゃんの目が見えなくなってクビになって、それで故郷の森に帰ったんです。僕はまだ四歳で、戻るまでの旅も大変だったんですけど、今思うと楽しかったな。道すがら、あれを採れ、これを探してこいって毎日言われたおかげで、いろんなことを覚えられたから」

ジャックは金色の目でじっとマウロを見つめている。聞き入ってくれている表情だった。

「一度、湖の近くを通ったときは、魚を釣ってこいって言われて、何時間も粘ってどうにか釣れたんですけど、パッファーだったんです」

「パッファー？」

「木の葉みたいに平たい魚で、味はおいしいけど毒があるんです」

目を伏せると、あのときの寒い夕闇の気温まで蘇《よみがえ》ってくるようだった。

「僕、そのころはまだ知らなくて。焼いて食べはじめたときはおいしくて感動したくらいだったんですけど、急におじいちゃんが、『そういえばこの魚はどんなかたちだった？』って聞いてきて、平たいよと言ったら、すごい勢いで吐けって言われたんです」

「吐け？　それで助かるの？」

「はい。パッファーの毒は、それだけ抽出したものなら口にして五分もすれば症状が出ますが、そのまま食べるとはじめはなんともないので、すぐに吐けば大丈夫なんです。吐かなければだんだん口や手足が痺れて、おなかや胸が焼けるように痛くなって、苦しくなります。放っておけば熱が出て、一日経《た》つと死んでしまう毒です」

「このあたりでは聞いたことがないな」

「北の冷たい湖に棲《す》む魚ですから。怖い毒ですが、解毒できる薬草もあります。それで、おじいちゃんもすぐに切り替えて、薬草を探せと言って、特徴を詳しく教えてくれました。木の梢に生える不思議な草で、その草のついた木の根本には、必ず銀色のきのこが出るんですよ。もう夜でしたが、必死で銀色のきのこを探しました。毒のせいで痛いし苦しいから大変だったけど、無事に薬草が見つかって、教えてもらったとおりに煎じて飲んで、ひと息ついて——安心したら、僕のせいだって思ったんです。先に食べられる魚か確認しなかったから。だから怒られると思っていたんですけど、おじいちゃんは『よくやった』って褒めてくれたんです」

しゃがれた祖父の声を思い出し、マウロはハーブティーを口に含んだ。サラディーノが文句を言いつつも洗濯しておいてくれた上着をそっと撫でる。

「怒りっぽくて気難しい人だから、褒めてもらったのはそのときだけでした。諦めずに薬草を探したのは偉かったって言って、この上着もくれたんです。おじいちゃんが大事にしていた上着です」

つぎはぎだらけで古びているけれど、祖父の形見だから思い入れがある。森のみんなには嫌われていたし、強欲でいじわるなところがあっても、たった一人の肉親で、物知りで——好きだった。

「なかなか個性的なお祖父様だったみたいだね」

ジャックが手を伸ばして頬に触れてくる。撫でられて顔を上げると、金色の目がひどく優しくこちらを見つめていた。

「きみがお祖父様を愛していたことが、私にもよくわかるよ」

「はい、家族ですから。今でも毎日思うんです。おじいちゃんが生きていたら、僕のことを『偉かった』って褒めてくれるかなって。褒めてもらえるように、頑張りたいって思うんです」

微笑もうとすると声が震えた。死んだときさえ泣かなかったのに、思い返すとひどく会いたかった。どんなに気難しい人でも間違いなくマウロの家族で、彼が死ぬまではマウロも、孤独だなんて思ったことはなかった。

火照った頬をジャックの指が撫でてくれる。

「泣かなくてもいい。きっと褒めてくれるよ」

言われて、我慢したはずの涙が流れていることに気づき、マウロはこぶしで目元をこすった。

「すみません。亡くなったのはもうだいぶ前なのに、泣いたりして……えっと、おなかはすいてませんか？　せっかく芋を掘ったから、蒸しましょうか」

「蒸しただけの芋は食べたことがないから、ぜひ食べたいな」

「じゃあすぐに——」

立ち上がると、ジャックも追いかけるように立ち上がる。後ろからふわりと抱き寄せられて、マウロは息をつめた。

頭の上に、そっと顎が乗せられる。

「畑仕事のやり方も教えてくれ。マウロがお祖父様に教わったいろんなことを、私も覚えたい」

「……貴族の方には、お役に立たないことばかりだと思いますけど」

「知らないよりはいいだろう。その分お金はちゃんと払う。——きみに、一緒にいてほしい」

耳のすぐそばで囁かれ、耳がぴくぴくと震えた。吐息が産毛にあたってくすぐったい。じんわりと胸があたたかくなり、マウロは自分を抱きしめるジャックの腕に触れた。

偽物だ、とジャックは言ったけれど、彼の優しさがまがいものだとは思えない。こんなにもマウロを、嬉しい気持ちにさせてくれるのだから。

「お金はいりません。かわりに——えっと、僕の作ったお菓子がちゃんとおいしいかどうか、味見する役をお願いできませんか？」

「味見？」

「はい。レシピは知っていても、まだ作ったことがないお菓子がたくさんあるんです。ほら、いつかお店をやるなら、いろいろ作れたほうがいいでしょう？」

これ以上お金は受け取れない。かわりにジャックになにかしてもらうなら、お菓子を食べてもらうことくらいしか思いつかなかった。

「練習できると、僕も嬉しいので。……今までは、味見してくれる人もいなくて」

「そうか。ずっとひとりだったんだね」

ジャックは穏やかにそう言って、少しだけ抱きしめる力を強くした。あやすようにマウロを揺らして、幸せそうなため息を漏らす。

「私ばかりがいい思いをするみたいだが——これからは毎日一緒だ。マウロが望むなら、なんでも食べるよ」

「よろしくお願いします」

「明日からが楽しみだね、マウロ」

「——はい、ジャック様」

頷くだけで、なんだかふわりと身体がかるくなるような、不思議な気分だった。すっぽり包み込まれていると心地よくて、マウロはジャックが離れないのをいいことに、しばらくのあいだ、黙って抱きしめられていた。


「ジャック様、支度できました？」

開け放されたドアから彼の部屋を覗くと、ジャックは袖のボタンを留めているところだった。

マウロはぱたぱたと駆け寄って手伝った。

「利き手側の袖は留めにくいですよね」

「うまくできたためしがないんだ。マウロは上手にできるのにね」

笑って、ジャックはマウロの襟元を整えてくれた。

「よく似合ってるよ。大きすぎるのが却って可愛い」

「シャツ、結局いただいてしまって申し訳ないです」

マウロは赤くなって上着の裾を掴んだ。つぎはぎだらけの大事な上着と枯れ草色のズボンはいつものものだが、中のシャツはジャックに借りていたものだ。真っ白で上質なシャツは、古びた上着やズボンとあわせると浮いている気がしたけれど、ジャックは「似合うよ」と目を細めた。

「市場でみんなに会うのが楽しみだ」

「……みんな、きっとびっくりします」

マウロは何度も髪を撫でつけた。

ジャックの家で暮らすようになって一週間。毎日たっぷりのお湯と石鹸でお風呂に入るおかげで、肌も髪もつやつやになった。食事は三食、サミーが作ってくれる。寝るのはふかふかのベッドだから、鏡で見ると自分でもびっくりするほど変わって見えた。頬は少し丸みを帯びて、いつもほんのり赤みがさしているし、目までが明るく輝いているのだ。

ちょっと気恥ずかしいけれど、一週間ぶりにカシスに会えるのは楽しみだった。

行こうか、と促すジャックに頷いて家を出て、待っていた馬車に乗り込むと、市場まではすぐだった。正面口で馬車がとまると、ジャックが手を取って降ろしてくれた。

「ありがとうございます。……わっ」

礼を言って歩き出そうとした途端、足元がふらついた。咄嗟にジャックが支えてくれる。

「大丈夫？　馬車に酔ったかな」

「すみません、なんだかふらふらして……」

「私に掴まっていていいよ。少しすればおさまるはずだ」

さりげなく腰に手が回り、寄り添うように引き寄せられて、マウロはほっと息をついた。まだ視界が揺らいでいる気がするが、ジャックと寄り添っていると落ち着ける。

ジャックは意外にも甘えたがりなところがあって、マウロを膝に乗せるのが好きだし、なにかというと抱きしめてくる。尻尾や耳をいじるのも気に入っているようだった。寝るときも腕で囲われ、くっついて眠るおかげで、マウロもすっかり慣れてしまった。

支えられたまま市場の中を進むと、並んだ店からちらちらと視線が飛んできた。ひそひそと囁きかわす人々までいて、どうかしたのかな、と考えてしまってから、マウロははっとした。

そうだ。この一週間、一緒にいるのは彼のほかはサラディーノとサミーだけだったから、うっかりしていたけれど——ジャックは貴族なのだ。

獣人の自分が貴族と寄り添って歩いていれば、目立つに決まっている。

慌ててジャックから離れて、髪をわしゃわしゃとかき乱す。少しでも耳が目立たないように
ぼさぼさにして、片手で耳を覆うと、ジャックが訝しげに振り返った。

「どうしたの？　髪をぐちゃぐちゃにしたりして」

直そうと伸ばされた手から、マウロは逃げた。

「これでいいんです。ジャック様は、少し離れて歩いてください」

「どうして？」

「その——みんなが見ているので」

手の下で、耳が居心地悪げにぴくぴくする。ジャックは眉根を寄せてため息をついた。

「見られていやなのは耳？　それとも、私と一緒にいること？」

「——耳、です」

ただの平民なら、貴族と並んでいても、それほど目立ちはしないだろう。

「あの、今日は帽子を買いますね。ジャック様にいただいたお金があるし、カシスのお店では
素敵な帽子もたくさん売ってるから」

今まで帽子をかぶらずにいたのは、隠していて獣人だと気づかれたときに、余計に嫌われて
しまうからだ。けれど、ジャックと一緒のときはかぶっておいたほうがよさそうだった。目立
ちすぎるのはいたたまれないし、ジャックにも申し訳ない。

俯くと、ジャックは覗き込むようにして視線をあわせた。

「帽子はいらないだろう。私は好きだよ。可愛い耳なんだ、堂々としていればいい」

「――でも」

「いいから、おいで」

ジャックは耳を隠していた手を離させると、改めて肩を抱き寄せてくる。

「もっとぴったりくっついていなさい。私の服を掴んで」

そう言いながら、もさもさになった髪を指で梳く。世話を焼かれているマウロだけでなく、ジャックも周囲から無遠慮に見られているのに、少しも気にならないようだった。

困って立ち尽くしていると、遠くからカシスの声がした。

「マウロ！　ジャック様も！」

走ってきたカシスは飛びつきそうな勢いでマウロの手を握りしめる。

「聞いたわよ！　ジャック様のお屋敷で住み込みで働いてるんですって？　すっかりジャック様のお気に入りだってみんな大騒ぎよ」

大声が響き渡る。興奮した彼女に握った手を振り回され、マウロは赤くなってカシスの口をふさごうとした。

「こ、声が大きいよカシス！　それに、どうして僕がジャック様のところで働いてるって知ってるの？」

「メイランに聞いたのよ、紅竜館の。ジャック様が『マウロはうちで働くから辞める』って、紅竜館の主人に言ったんでしょ？　もう市場中の人が知ってるわ」

にひひ、と唇を曲げて笑ったカシスは、意味ありげにジャックに視線を流す。

「あたしが知る限り、気に入ってお屋敷に住まわせるなんて初めてですよね？」

「それくらいマウロの作るタフィーがおいしいからだよ。今はほかにも、いろいろ教えてもらってるんだ」

苦笑まじりにジャックは返す。腰を抱いていた手をマウロの頭に移して、さりげなく髪を撫でた。

「畑仕事は初めてなんだが、芽が出ると楽しいものだね。苺の苗も植えたから、次の春が待ち遠しいよ」

「ジャック様、畑仕事してるんですか？」

「ああ。マウロの家の裏の畑で、いろいろ学んでいるところだ」

目を丸くしたカシスは、マウロも頷くとしばらく黙ったあとで大きなため息をついた。

「なぁんだ……ほのぼの仲良ししてるんですね。あたしはてっきり」

「てっきり？」

「ジャック様の新しい恋人がマウロなんだと思って、すっごく浮かれてたんです。今日は交際をはじめた報告をしに来てくれたんだと思ってたわ」

「違うよ、買い物だよ。サミーに……ジャック様のおうちで料理を作ってくれる人に頼まれて、食料品を買いに来たんだ」

　マウロが言うと、カシスはつまらなそうに唇を尖らせる。

「買い物ね……ねえマウロ、本当の本当に、畑仕事だけなの？」

「お菓子も作ってるよ」

「――それだけなのね。残念だわ。マウロがジャック様の相手なら、あたし心の底から応援するつもりなのにな」

　はあ、ともう一度ため息をつくカシスは、本気で残念そうだった。マウロは控えめに彼女を睨んだ。

「ジャック様に失礼だよ。親切にしてくださってるだけなんだから」

「あたしだけじゃなく、友達もみんなうっとりしてたのよ。貴族と平民の身分をこえた恋って素敵でしょ。ドーズたちはあれこれ言ってたけど、悪口を言うってことはつまり羨ましいのよ」

「だから、違うってば」

　いくらジャックだって、獣人を本気で愛するわけがないとマウロは思う。彼が愛《いつく》しんでくれるのは亡くなった妹のかわりだからで、それは彼が生涯の伴侶と出会って愛するようになるために、必要な過程なのだろうと理解していた。

　カシスは残念そうにしながらも、マウロの肩を励ますように叩いた。

「でも、マウロが元気そうでよかった。それがなによりよ。できたらもう少し頻繁にあたしのところにも遊びに来てほしいけど」

「うん、また来るね」

手を振って別れ、マウロはジャックを見上げた。なに？　と言うように首をかしげて見つめ返す眼差しはやわらかく、機嫌よく見える。それでも、マウロは頭を下げた。

「すみません、カシスが変なことを言って。全然事実じゃないのに騒がれたりして、ご迷惑ですよね」

「どうして謝るの？　私は怒ったりしていないよ」

ジャックはちょん、とマウロの小さな耳をひっぱる。すれ違った男がそれを見て、聞こえよがしに舌打ちをした。

「獣人のくせに、貴族に取り入るのは上手なんだな」

「貴族様が世間知らずなんだろ」

連れの男が荒っぽく言い捨てた。振り返ると、顔を歪めて睨みつけられる。

「頭がよけりゃ、素性もわからないリスなんかにほだされたりはしないさ」

マウロは悲しくなった。自分が蔑まれるのは慣れているけれど、ジャックまで馬鹿にするのはひどいと思う。一言言い返そうと口をひらくと、ぐっと肩を引かれた。

「マウロ、おいで」

「でも……」

「ああいう、傷つけるためだけに言われたことなど気に留める価値はないんだよ。毅然《きぜん》としていれば、そのうちむこうが諦める」

のんびり言ったジャックは、近くの野菜店を指差した。

「あったよ、玉ねぎ。芋も買おう。揚げるのもおいしいんだろう？　食べてみたい」

「芋は、いつでも揚げますけど」

買い物よりも、マウロは言われたことや人の視線のほうが気になってしまう。今だって見ている人がたくさんいるのに、と思いながら、こらえきれずに耳を隠した。

(――せめて獣人じゃなかったら、ジャック様まで悪口を言われたりしないのに)

「もし、あんまり悪い噂が広まるようなら、いつでも僕をクビにしてくださいね。ご迷惑をおかけするわけにはいきませんから」

「マウロ」

ジャックは低く呼ぶと、急にマウロの前に屈みこみ、太腿あたりに手を回した。ふわりと身体が浮き、持ち上げられたマウロはぎょっとしてジャックに掴まった。

「ジャック様！　なにしてるんですか！」

「いっそのこと、思いきり目立とうかと思ってね」

あたりはざわついて、人々が遠巻きにマウロたちを見ている。不思議そうな顔の人もいれば嬉しそうな人もいるが、眉をひそめる人、不快そうに顔を歪める人もいた。ジャックは気にせずにくるくると回る。

「下ろしてください……っ」

「噂なんて好きに言わせておけばいい」

踊るように回るのをやめると、ジャックはマウロの顔を見上げ、愛おしげに顎にキスした。

「もし不利益をこうむりそうになったら戦うだけだよ」

「……戦う、んですか？」

「ああ、相手がやりすぎたときなんかはね。事実でない悪評なんて脆《もろ》いものだ、そういうときは必ず勝てるから、マウロにだってできる」

淡々と、普段となにひとつ変わらない平穏さでそう言われ、ちりちりと背中の焼印が痛んだ。

（……僕には、できないです、ジャック様）

まるで、「おまえは弱い」と言われたような気がした。

マウロは戦わなかった。焼印を押されて森を追われるときも、リスだ、獣人だと馬鹿にされるときも、「違います」と声をあげて抵抗したことはない。森での被害は自分にも非はあると思ったからだし、人間よりも非力だから役立たずなのだろう、とも思うからだ。でももし、自分は悪くない、と言えることがあったとしても、きっと戦えないだろう。

大勢に怒りや悪意を向けられたら、抗うよりも甘んじて受けとめるほうが簡単だ。

（ジャック様は強い方だから、噂も気にしないでいられるし、反論しようと思えばできるんだ）

唇を噛んで黙り込んだマウロを、ジャックは揺するように抱き直して微笑んだ。

「芋はたくさん買おう。昨日言っていた蒸しパンも食べたい」

「――じゃあ、今日のおやつは蒸しパンで決まりですね」

かろうじて微笑み返すと、ジャックはそっとマウロを下ろして、かわりに指を絡めあわせた。

「いっそのこと、噂を真実にしてもいい」

「真実？」

「マウロを私のお気に入りの恋人にするんだよ。どうせもう、お気に入りというところは正しいしね」

にこっと微笑みかけられ、マウロはまばたきを繰り返した。

――恋人？

聞き間違いだろうか、と見つめ返すと、後ろで大きな咳払《せきばら》いが聞こえた。

「ジャック様。今日こそ、おれと一緒に戻っていただきますよ」

「……サラディーノ。きみも暇だな、市場まで追いかけてくるなんて」

ジャックはうんざりした顔をしたが、すぐに思い直したように頷いた。

「だがちょうどよかった。玉ねぎと芋を持って帰ってくれ」

「おれは荷物持ちに来たんじゃありませんよ！」

「このあと寄るところがあるんだ。きみはついでに菓子パンとビスケットを買って、裏の広場に届けておいてくれ」

「だから荷物持ちじゃないと――」

目も眉もつり上げるサラディーノに、ジャックはぽんと玉ねぎの入った袋を渡す。

「あちらには、私もちゃんと考えていると伝えてくれたんだろう。それなら、私が帰らなくても大丈夫だ」

「ちっとも大丈夫じゃありませんよ」

半眼になってサラディーノはぶつぶつ言った。

「あんなこと、みんな納得できません。打ち合わせもなにもかもすっぽかしたままで、皆様呆れるのを通り越して心配しているんですよ？」

「心配はいらないとおまえから言えばいい。このとおり元気だしね」

ジャックは芋の袋もサラディーノに押しつけて、改めてマウロの手を握った。仏頂面のサラディーノに向かって、上品にウインクして見せる。

「とにかく、帰らないよ。私がいやだと言ったら絶対にやらないのを、サラディーノはよくわかっているだろう？」

「――おれはときどき、あなたと縁が切れたらいいなと心底思いますよ」

盛大にため息をついて、サラディーノは諦めたようだった。ジャックはにこやかに礼を言い、マウロの手を引いた。

申し訳なくてサラディーノに頭を下げてすれ違い、マウロはつながれた手をほどこうと控えめに引いた。

「あの、ジャック様。よかったんですか？　サラディーノは毎日、帰れって言っているのに」

「大丈夫だよ。義務はちゃんと果たしてる」

逃がさない、というようにジャックは指に力を込めてくる。サラディーノの態度を見る限り、ジャックのセリフは疑わしいとマウロは思う。貴族としての仕事はたくさんあるはずだ。家でも、マウロと過ごすあいまには、手紙や書類に目を通しているのだ。直接出向かなくてはいけない用事もあるだろうに、ジャックが畑仕事以外で外出するのは、マウロが住み込んでから今日が初めてだった。

（……僕のせいだったらどうしよう）

市場を正面口のほうへと戻りながら、マウロはつながれた手を見つめた。

片時も離れずにジャックと過ごしたこの一週間は、夢みたいな時間だった。畑仕事をすればいちいち感心してもらえるし、タフィーもほかのお菓子も、ジャックは喜んで食べてくれる。サラディーノはそっけないが暴力をふるったりしないし、サミーは優しい。おかげで、自分が外の世界では疎まれる存在だということを忘れるくらいだ。

恵まれすぎていると思うから、ジャックがサラディーノに怒られていると申し訳ない。自分のため、と考えるのは思い上がりのようにも感じるけれど、マウロがいなければ、ジャックも貴族としての仕事をしに出かけたのではないか、と考えてしまう。

「僕、留守番もできますよ。子供じゃないですし……もちろん、いらっしゃらない隙に盗みを働いたりもしません」

ジャックの横顔を見上げると、彼は金色の目をわずかに曇らせた。

「きみを一人にしないのは疑っているからじゃないよ、マウロ。私にとって、今はきみと過ごすのが一番大切だからだ」

いつになく低い声だった。怒ったのだ、と思うと耳がぺしょんと萎《しお》れ、マウロは深く俯いた。

「ごめんなさい」

「謝ることはない。でも、マウロも卑屈になるのはやめたほうがいい」

「……はい」

ごめんなさい、ともう一度口の中で呟くと、ジャックはため息をついて前を向いた。

黙った横顔は整いすぎていて、よそよそしく見える。身を縮めたくなって、こういうところが卑屈に見えるんだなと気づいたが、染みついた癖はわかっても直すのは難しかった。

俯いてとぼとぼついていくと、ジャックは市場を出て大通りを進み、マウロには馴染みのない地区へと向かう。城に近い、裕福な人たちが食事や買い物をするあたりだ。華やかな劇場や大きな図書館、役所の立派な建物が並び、通りも広くて清潔に保たれている。ジャックは迷わずに路地を曲がり、色硝子《いろガラス》を嵌《は》め込んだドアの前で立ちどまった。

ノックをするとほどなく、中から初老の男性が迎えに現れる。丁寧に招き入れられ、マウロは緊張しながら足を踏み入れた。絨毯《じゅうたん》を敷いた廊下が続いていて、奥のドアが開くと、その向こうは明るく広々とした部屋になっていた。

ソファーとテーブルがあり、うやうやしくそこに案内されて、ジャックと並んで腰を下ろす。エプロンをつけた女性がお茶とクッキーを出してくれた。一度姿を消した男性は、戻ってきたときには若い男性を連れていて、二人の手には何着も服が載っていた。

「お持ちしました、ジャック様。ご注文どおり、七着ございます」

「ありがとう。マウロ、着てごらん」

「僕ですか？」

貴族の方はこういうところで服を誂《あつら》えるんだ……と思いながら眺めていたマウロは、驚いてジャックを振り仰いだ。

「そうだよ、きみのために注文したんだ。身体にはあっているはずだが、試したほうがいい」

「こちらにどうぞ」

にこやかな初老の男性にも促され、マウロは断れずに立ち上がった。若い男性がてきぱきと上着を脱がせ、シャツのボタンを外しにかかる。

「じ、自分でできます」

「私がやったほうが早いですから。脱いだら着せるのもお任せください」

手際よくズボンも脱がされて、マウロは真っ赤になって俯いた。彼らも耳で気づいてはいるだろうけれど、普段隠している大きな尻尾を見られるのは恥ずかしい。背中には焼印もあるのに、といたたまれなかったが、男性たちは顔色ひとつ変えず、真新しいシャツを羽織らせてくれた。

淡い青のシャツは虹色に光る貝ボタンがついている。ズボンは黒で、尻の部分には目立たないスリットがあり、尻尾が出せるようになっていた。襟元に黄色のリボンを結んだ初老の男性は、満足そうに微笑してマウロをジャックのほうに向けた。

「いかがでございましょう？」

「うん、似合うな。マウロ、尻尾の穴は窮屈じゃない？」

「……窮屈ではないですけど、でも、」

「よし、じゃあこれは買おう。次の服も着て」

恥ずかしいです、と言おうとしたマウロを遮って、ジャックは指示を出す。かしこまりましたと嬉しげな男性たちに再び脱がされ、新しい服を着せられるのを六回繰り返すあいだに、マウロは泣きたい気持ちになった。

最後の一揃いは、ブラウスがこまかな地模様が折り込まれた美しい絹、ベストと細身のズボンは光沢があった。後ろ側が燕《つばめ》の尾のように長くなった上着も含めて、どう見ても貴族の息子が特別なパーティに着ていくような、よそいきの格好だった。

「ジャック様……こんなの、着られません」

「持っていても損することはないだろう。とてもよく似合ってるよ」

立ち上がったジャックは、近づくとマウロの髪を撫でてくれた。

「服は私がプレゼントしたいと思って誂えたんだから、もらってくれないか。マウロなら、どれも大事にしてくれるだろう？」

「それは……いただいたらもちろん大事にしますけど。でも、いただくわけには……」

「長くきみに着てもらいたいんだよ」

リス耳からこめかみに向けて、あやすように撫でつける仕草はすっかり慣れたものだ。ジャックは甘えるように額も押しつけてくる。

「私はお祖父様の形見の上着が羨ましい」

「羨ましい？　ジャック様が、あの上着を？」

「ああ。私だって今まで人に贈り物をしたことはあるけれど、あの上着ほど大事にされたことはないからね。お祖父様の上着の次にでいいから、私のあげた服もマウロが大事にしてくれたら、どんなに幸せだろうって羨ましいんだ。綻びたらつぎを当てて、いつまでもマウロのものにしておいてほしい。――もらってくれる？」

「……ジャック様」

きゅっと喉の奥がしめつけられて、マウロは金色の瞳を見つめた。ぼろぼろの上着を羨ましがるなんて、ジャックは変わっている。でも、思い出ごと大切にしているマウロの気持ちをわかってもらえているのが嬉しかった。

こんな言い方をされたら、断るわけにもいかない。だが、目を脇にずらせば、いやでも背中からはみ出した尻尾が見えてしまう。

「お気持ちはとっても嬉しいです。でも――全部、尻尾が出る服ですし、高価すぎて僕には着られないです」

「――マウロ」

すっと表情を改めて、ジャックはマウロの腰を抱き寄せた。

「マウロは、自分が獣人なのがいや？」

「……はい。少し」

「市場でもずっと気にしていたよね。どこの国でも、獣人は下に見られがちだ。いやだと思うのは仕方がないけど――私は好きだよ。マウロにはいいところがたくさんあって、私よりもずっと、大勢に愛されるべき存在だ」

ジャックは鼻先が触れあう距離で、いつもより真剣な顔をしていた。一言ずつくぎるように言いながら、まっすぐにマウロを見つめている。

「この耳も、尻尾も含めてきみは素敵で、とても可愛らしい。中身を知れば好きにならずにはいられないんだから、みんなが見慣れるまで、堂々と出していればいい。少なくともノーチェでは、ほかの獣人たちは尻尾も耳も隠していないだろう？」

ジャックの言うことは正しい。マウロだって、自分が気にしすぎだとわかってはいる。でも、首は横にしか振れなかった。

「僕には、難しいです」

「どうして？」

「僕はジャック様と違って、弱虫だから」

焦れったそうなジャックの表情を見ていられなくて、視線を下に向ける。

「ジャック様は、悪口もひどすぎたら戦えばいいって言いましたよね。そのとおりだって思うけど、僕は言い返したり、抗ったりはできません。今まで一度も、したことがないんです」

「これから頑張ればいい」

「無理です。……僕は、罪人ですから」

呟くと、腰を抱くジャックの手に力がこもった。大きな手のひらが、ゆっくりと背中を撫で上げ、左肩の下あたりでとまった。

「この焼印の原因だね。なにをしたの？」

静かな一言で、気づいていたのにそっとしておいてくれたのだとわかって、マウロはいっそう俯いた。

「故郷の森の人たちを、危険な目にあわせました。みんな、よそ者同然の僕のことも助けてくれたのに――盗人の人さらいを、森に入れてしまったんです」

マウロはズミヤーと名乗ったあの蛇の腕輪の旅人のことを、ジャックに話して聞かせた。いい人だと思ってしまったこと。自分のせいで赤ちゃんがさらわれたこと。みんなの大事な財産が奪われたことも打ち明けて、だから、と続ける。

「僕が馬鹿だったんです。おまえが悪いと言われたらそのとおりだから」

「それでおとなしく焼印を押されて、追い出されてきたの？　悪いのはマウロじゃなくて、その旅人だろう。マウロだって騙されただけだ」

信じられない、と言いたげにジャックは顔をしかめている。マウロは少し微笑んだ。

「ジャック様なら、自分は悪くないって言えたかもしれませんね。でも僕は言えませんでした」

「――」

「いつもそうです。自力で生活できないよそ者が疎ましいのは当たり前だし、見慣れないリスの獣人がこの街で嫌われるのも当然です。小柄で非力だから敬遠されるのも、疎ましく思われるのも仕方がないでしょう？　僕が正しいわけじゃない。みんなのほうが正しいから――でも罵倒されればつらいから、せめて目立つ尻尾だけは隠しておきたいんです。……きっと、ジャック様から見たら、卑屈で弱虫で、だめなやつですよね」

ジャックはなにか言おうと口をひらき、迷ったようにまた閉じた。じっと見下ろされて、マウロは一歩後ろに下がった。

「ジャック様のお気持ちはとっても嬉しいです。よかったら、シャツを一枚いただけますか？」

「……わかった。尻尾をしまえるズボンを用意させよう」

手首を掴んで引きとめたジャックは、そのままぎゅっとマウロを抱きしめた。

「私が悪かったよ、マウロ」

「ジャック様は悪くありません」

「いいや。私は思いやりに欠けるんだ。冷たくて人の気持ちがわからないとよく言われる。――今初めて、自分でも実感しているよ。私はマウロじゃない。獣人ではないし、幼いころに親を失ったことも、放浪したことも、故郷の人から責められたことも、外見だけで嫌われたこともない。それなのに、勝手なことを言った」

深く息を吐いて、ジャックはマウロの頭に頬をすり寄せた。

「長いこと頑張ってきたマウロを責めるようなことを言ってすまなかった」

「そんな……謝らないでください、ジャック様」

ぴったりくっついた彼の身体が熱っぽく感じられる。まさか謝られるとは思わなかったマウロは少しのあいだ躊躇って、ジャックの背中に手を回した。

「今は一番幸せなんです。仕事があって、人の役に立ててるって思えるときもあるし、カシスみたいに親切な友達もいます。それに、ジャック様にはこんなによくしていただいてます」

「私はほとんどなにもしていないよ」

「毎日ふかふかのベッドで眠って、三食もごはんが食べられて、大好きなお菓子が作れるなんて、天国です」

「……うん。きみにとっては、そうなんだろうね」

うなじを引き寄せて抱きしめ直してから、ジャックはマウロの顔を見つめた。

「尻尾の出る服は家の中で着るといい。それにいつかは、街の中でも出して歩けるようになるはずだから、そのときを楽しみに取っておくのもいいね」

「でも……こんなにたくさんいただくのは、」

「今日用意してもらった分は、マウロに馬鹿なことを言ってしまったお詫びだよ。受け取ってもらうかわりに、マウロにしてほしいこともある。私の頼みを聞いてくれる？」

小さな耳を優しくひっぱって微笑みかけられ、マウロは数秒だけ迷って頷いた。贈り物をしたい、という気持ちを受け取るのも、妹の身代わりとしては正しい振る舞いだろう。それに、ジャックがマウロになにかしてほしいなら、なんでもするつもりなのに変わりはない。

よかった、とジャックは笑みを深くした。

「きみは罪人じゃない」

「……え？」

「マウロが故郷の人たちに対して罪悪感を持つのは当然のことだったと思うよ。十五の子供なら、大人に囲まれて責められるだけでも、萎縮して当たり前だ。でも、きみは法で裁かれるような罪をおかしたわけじゃない。三年も一人きりで頑張ってきて、誰を恨むこともなく、真面目に生きている。悪いことをしてしまったと悔いてもいいけど、せめて私の前では、その重荷を下ろしてくれないか」

静かに、丁寧に紡がれる言葉が耳から胸に響いて、マウロはこくんと喉を鳴らした。

「重荷を……下ろす、んですか？」

「マウロが負うべき責任があるとしたら、故郷の人たちに対してだけだ。この国の人々にはなにも遠慮することはないが、急に振る舞いや態度を変えるのが難しいのもわかる。だから、私の前だけでいい。自分が悪いだなんて思わないで、もっと――甘えてくれないか」

「――あまえる……」

それは、どういう行為だろう。マウロには甘えるのと図々しいのやわがままの違いがよくわからない。ジャックがどんな行為を望んでいるのか見当もつかず、曖昧に頷いた。

「ジャック様が教えてくださったら、そのとおりにします」

「私の言うとおりにするのでは意味がないんだけどね」

困ったように——寂しげに微笑して、ジャックはマウロの額に口づけた。

「では、こうしよう。私がきみになにかしたら、それが好きか嫌いか教えてくれる？」

「ジャック様がすることなら、僕なんでも平気です」

「平気かどうかじゃなくて、好きか嫌いかだよ。ちゃんと考えて、教えてほしい」

ジャックはもう一度額にキスしてくる。難しそうだと思ったけれど、マウロは「はい」と返事した。

「わかりました。頑張ってみます」

「——先は長そうだが、よろしく頼むよ」

ジャックはなぜだか苦笑して、けれど愛おしそうに髪を撫でてくれた。いつもの慈しむ仕草。でも、不思議と普段よりも思いがこめられているような気がして、マウロはぱちぱちとまばたきした。

なぜだろう。ジャックの金色の瞳が、さっきまでよりずっとあたたかいような気がする。口の端に浮かんだ笑みまでがほんのり色と熱をおびているようで、見ていると肌の内側がさわさわした。なにが違うのかと目を凝らしたが、なにも変わらないようにも感じられて、結局、気のせいだと思うことにした。

服は買ってもらったばかりのものを着て、尻尾はズボンに挟んで帰ることにした。裾が長めのシャツを着ればお尻まで隠せるから、尻尾を一度折りたたんでウエストのところに挟めば、見られる心配はない。

残りの服はお店の人が家まで届けてくれるというので、荷物はなかった。手をつないで歩きたい、とジャックは言って、いやかと聞かれたので、マウロは「いやじゃないです」と答えた。

「……好き、だと思います」

ジャックがしたいことならさせてあげたかったし、じろじろ見られるのは我慢しようと思っていたのだが、品のいい服のおかげで、ジャックと手をつないでいても、それほど注目はされなかった。

はじめは緊張していたものの、誰にも嘲笑《ちょうしょう》されないとわかってくると、手をつないでもらっているのがだんだん楽しくなってくる。伝わる体温はあたたかくて心強く、なんだか自分が特別な存在になったような気がした。

(ジャック様は、いつも僕を守ってくださる)

甘えてもいい、と言ってくれた声を思い出すだけで、じんと身体の奥が震える。真新しく馴染まない服の感触さえ、初めての幸福感を盛り上げるかのように、心地よく思えた。

自分に好意を持ってくれている人と、なにも心配せずに隣りあって歩けるだなんて、最高の贅沢だ。

のんびり歩いて広場に差しかかると、真ん中あたりに人だかりができていた。台に乗った男性に、なにか聞いているようだ。なにごとかと目を向けて、中央の男性がサラディーノだと気づき、マウロはぴくんと耳を立てた。

「ジャック様！　あそこ、サラディーノがいます」

「仕事だろう。気にしなくていいよ」

ジャックは興味がないようで素通りしようとする。それでも、サラディーノの声はマウロにも聞こえてきた。

「何度質問されても、公示したとおりだ。ジルド様のご病気の回復を待つため、お妃を選ぶ舞踏会はひと月の延期」

「ひと月もだなんて、よっぽど重いご病気なのかい？」

「命にかかわるようなご病気ではない。延期は大事をとってのことだから、心配しなくてもいい。以上だ」

面倒そうに言ってサラディーノは台を降りる。マウロはジャックに手を引かれて歩きながら、何度も振り返った。

「王子様、ご病気ですって、ジャック様」

「軟弱なのかもしれないね」

ジャックは王子が好きでないのか、ずいぶんとそっけない口ぶりだった。たしか国王夫妻にとって一人きりの王子だったはずだ、と思い出し、マウロは呟いた。

「早くよくなるといいですけど……次の王様になる、大事な方ですよね」

「王子が死んだって、王になる人間はほかにもいるよ」

「ジャック様、そんなこと言ったら捕まってしまいますよ」

不敬罪だ、とマウロは焦って周囲を見渡した。幸い、誰も聞いていた様子はない。振り返るとサラディーノがお供らしき数人を引き連れて去っていく後ろ姿が見えた。

「──もしかして、ジャック様ってすごく偉い貴族様ですか？」

「どうしてそう思うの？」

怪訝そうにジャックが見下ろしてくる。マウロは改めて彼を見つめた。優美に見えるのは整った容姿だからだけでなく、育ちのよさによるものだろう。王子に対しての口ぶりは知っている間柄のようにも聞こえるし、側近のサラディーノは城からの公示を受け持つような人だ。

「サラディーノがお城の仕事をしているなら、ジャック様も、お城で働く貴族様でしょう？」

「この街にいる貴族はたいてい城にかかわっているよ。べつに特別じゃない」

ジャックはおかしそうに破顔した。

「それに私は、商いのほうが好きだ。これでも自分で会社を持っていて、いろんな品を扱っているんだ」

「大きな商いは、貴族様の会社も多いって聞きました。やっぱりすごい方なんですね」

「マウロにそんなきらきらした目をされると悪い気はしないね」

機嫌よく笑い声をたて、ジャックはつないだ手を揺らした。

「すごいと思ってくれるなら、明日はご褒美に、たくさんタフィーが食べたいな」

「ほとんど毎日食べてるじゃないですか」

「ケーキも食べたい。りんごを使ったケーキは作れる？」

「はい、もちろん。キャラメル味にしてもおいしいですから、焼きますね」

お菓子の話をしていると心が弾む。楽しみだ、と嬉しそうなジャックを見られるのも幸せだった。明るい気持ちで歩きながら、マウロはじんわりと沁みる幸福感を噛みしめた。

(重荷を下ろしていいってジャック様は言ってくれたけど——言われなくても、ここにいると全部忘れちゃう)

考えるまでもなく、人生で今が一番恵まれている。親切にされるのがどこか怖かったのに、ジャックだけはなぜか、信じてもいい、と思えるのが不思議だった。

はじめは、裏切られたところでかまわない、ほかの人にさえ迷惑がかからなければそれでいいと思っていたけれど——今は、ジャックのことを自然と信じていられる。サミーやサラディーノがよくしてくれるのは、ジャックがマウロを可愛がってくれるからだとわかっているから、安心して受けとめられるのだ。

「マウロ、蒸しパンは――」

振り返ったジャックが、マウロを見ると声を途切れさせ、それからゆっくりと笑顔になった。マウロは首をかしげる。

「どうかしました？　ジャック様、嬉しそうです」

「うん、嬉しいよ。マウロが幸せそうな顔をして笑ってくれているからね。尻尾もゆらゆらして、機嫌がよさそうだ」

「っ、いつのまに……」

慌てて背中を覗き込むと、挟んで隠したはずの尻尾が本当に出ていた。穏やかに膨らんだ尻尾は緊張していない証拠に自然に垂れて、小さく左右に動いている。

「可愛いよ」

「――ジャック様ってば、いっつも『可愛い』ばっかり」

両手で頬を包まれて、恥ずかしくなってシャツを掴んだけれど、心はぽかぽかとあたたかかった。ジャックが幸せそうな顔だから嬉しいし、それに、やっぱり彼は優しいのだ、と実感できるのも嬉しい。

(可愛いと言ってもらえるくらい、僕はちゃんと妹さんの身代わりになれているんだ)

そう思うと誇らしくて、上目遣いにジャックを見つめ返した。

「でも、ジャック様に可愛いって言ってもらえると、僕の尻尾も悪くないなって思えます」

「それは嬉しいな」

ジャックはいっそう幸福そうに目を細め、やんわりと尻尾を撫でてくれた。

「私も、マウロの尻尾を見ていると、これが好きという気持ちかな、と思えるよ」

「……尻尾、お好きなんですか？」

「今までは尻尾が可愛いと思ったこともなかったからね」

毛並みにそって撫でられて、マウロは首を捻った。

「人間だけじゃなく、犬や猫を可愛いとか、好きだとか思ったこともなかったんですか？」

「そうだね、なかった。——どう説明すればいいかな」

手をつなぎ直したジャックは思案げに空を見上げる。

「誰も好きになれないとはいえ、なにも好きじゃないわけではないんだ。たとえばおいしい食事は好ましく思う。予想どおりにいかない仕事は面白いと思える。仕事で失敗すれば悔しいし、まずい食事は残念に感じるから、私にとっては食事や仕事が大切だということだ」

「大切だってことは、好きということですよね」

「うん。でも、相手が人間になると、悔しいとか残念だとは思えなくなる。なにをするにも、人間と関わることは避けられない。だが嫌われてもかまわないし、二度と会えなくても惜しくない。——私にとっての他人は、執着するほど価値がないんだ。夢か幻みたいで、同じ場所にいても遠く隔たっているみたいに感じる」

わかる？　と見下ろされて、マウロはしばらく考えて頷いた。

「なんとなく、わかります。……きっと寂しいですよね」

「残念ながら、寂しくもないんだ」

ふっと笑みを漏らして、ジャックはつないだ手を見つめ、それから周囲を見回した。大勢の人が行き交う賑やかな通り。

「でも今は、夢や幻だとしても、みんなが少し美しく見えるよ。眺めているだけでも、前よりいい気分だ。——マウロのおかげでね」

金色の瞳が甘い色をたたえてマウロを見つめる。

「ありがとう」

「……ジャック様」

微風にプラチナブロンドの髪がさらりと揺れて、わけもなく胸がつまった。——美しい、というなら、世界中でなによりもジャック自身が美しい。優しい表情は心からのものにしか見えず、マウロは不思議な胸の疼きを覚えながら微笑を返した。

「お役に立てているなら、よかったです」

ジャックはただ心の奥に眠っていた感情に、自分で気づいただけだろう。マウロはなにもしていないけれど、お礼を言われるのは幸福だった。感謝の言葉は誰に言われても嬉しいものだが、ジャックのそれは、なぜだか特別に輝かしく思える。

じんわりと熱を持った胸を押さえ、マウロは決意を新たにした。

（……僕、もっと頑張ろう。ジャック様のために、なんでもしてあげたい）


その夜、お風呂から上がって寝室に入ると、ジャックはもうベッドの上にいた。今日は本を読んでいないんだ、と意外に思いつつ歩み寄ると、隣に座るよう促される。

「髪はちゃんと乾かしてきたね」

「はい。台所のかまどのそばで、ブラシをかけてきました」

「艶が出たから、キャラメルみたいに見えるよ」

ちゅっと髪にキスされて、マウロはくすぐったさに首を竦めた。

「僕の髪ってそんなにキャラメルに似た色ですか？　カシスにもおいしそうって言われるんです」

「マウロは身体中、どこも甘そうに見えるからね。――カシスとはずいぶん仲がいいんだね」

ふとジャックの声が低くなる。首筋に顔が埋められて、肌にかかる吐息が感じられた。

「彼女は年も近いな。ああいう子がマウロは好き？」

「……えっと、もちろん、カシスは好きですけど」

答える途中で唇が吸いついてきた。ちりっとした痛みが走り、マウロは思わず目を閉じる。ジャックは吸いついたままちろちろと舐めてきて、痛いのと濡れた感触に浅く息がこぼれた。おなかの奥が熱くなるのにあわせて、身体から力が抜けてしまう。自然と仰向けに押し倒され、のしかかられる重みにぼうっとした。

「その好きは、多少でもカシスを女性として意識してるということ？　彼女と恋がしたい？」

住み込むようになって与えられた寝巻きの中に、ジャックの手が入ってくる。腰から腋《わき》へと撫で上げられ、マウロは息をつめながらかぶりを振った。

「カシスは、そんなんじゃないです」

「でも、唯一の友達なんだろう？」

どことなく面白くなさそうに聞いたジャックは、マウロが戸惑っているのに気づくとため息をついた。

「だがまあ、カシスにはその気がなさそうだったから大丈夫かな。油断は禁物だけど」

「油断？」

「なんでもないよ。――マウロ」

マウロの手を探り当て、指のあいだに自分の指を割り込ませて握ったジャックは、真上からマウロを見下ろした。

「今日から、きみに私の恋人になってほしい」

「……え？」

どうしてそんなことを言い出すのかわからなくて、マウロはぽかんと見返した。ジャックは安心させるように優しい声を出す。

「もちろん、いやなら断ってくれてもいい。でも、関係性の名前が変わるだけで、きみがすることは今までと同じだよ。私のそばにいて、お菓子を作って、一緒に畑を耕して、生活を共にする。夜にはこうして身体を重ねたいが、マウロも嫌いじゃないよね？」

「それは……いやでは、ないですけど」

ジャックが抱きたいと言うなら、マウロに拒む理由はない。けれど、マウロは首をかしげてしまった。

「今までと同じなら、恋人じゃなくてもいいんじゃないですか？」

「恋人がいいんだ。マウロに、私のことを好きになってほしいから」

真剣な顔をしてジャックは額をくっつけてくる。マウロは少しほっとして笑みを浮かべた。

「なんだ。それなら、もう好きです」

急に恋人だなんて言い出すから、どうしたのだろうと思ったけれど、好きになってほしいだなんてジャックにも可愛らしい部分があるんだなと思う。昼間、服のことで謝ってくれたから、もしかしたら気にしていたのかもしれない。

「僕、ジャック様を嫌いになったりしていませんよ」

「そういう好きじゃだめなんだ。もっと特別がいい」

ジャックはもどかしげに眉根を寄せた。

「誰よりも私のことを大切に思ってほしいんだ。恋をして、私と離れたくないと思ってほしい。もちろん、マウロが私を好きになってくれるように、私も努力する」

わかるかな、と言いながら、ジャックはつないだ手を持ち上げた。握り直して、うやうやしく指先に口づけてくる。

「きみと愛しあってみたい」

「……愛しあう……」

腑《ふ》に落ちないまま繰り返して、マウロはじわっと赤くなった。ジャックの口調は熱心で、なんだかマウロのことを愛しているみたいに聞こえる。熱っぽく甘い声のせいで、耳がくすぐったいときのようにぷるぷるした。

妹のかわりのはずなのに愛しあうなんて、と考えて、そうか、と思い当たった。

(妹が兄を愛するみたいに、してほしいんだよね)

それなら納得だと頷きかけ、マウロは再び首をかしげた。

「あの……えっと、でも、身体も重ねる、んですよね？　娼婦と客みたいに」

「違うよ、恋人として、だよ。——いや？」

ちゅ、と人差し指の先を吸って、ジャックは上目遣いに見つめてくる。淡く光を帯びた金色の瞳はもの言いたげで、心臓がとくんと跳ねた。――改めて、ずいぶん綺麗な人だ。髪も顔の造形も神秘的な雰囲気で、視線ひとつでさえこんなにも美しい。

きっと妹も美しい人だったのだろう。あまりに美しくて、兄妹なのに恋をしてしまったとか。普通ならあり得ない、世間的にも許されないことだろうけれど、もう亡くなってしまった人が相手だし、マウロには咎める権利もない。結局、小さく頷いた。

「僕でよければ、頑張ります」

「頑張らなくていいんだよ、マウロ」

わずかに寂しげに、ジャックが微笑んだ。

「ただ普通に過ごしてくれればいい。努力するのは私のほうなんだからね」

「ジャック様が？」

「そうだよ。今は閉じているマウロの心が、キャラメルみたいに甘くとろけるように」

ジャックは唇を近づけた。ごくかるくマウロの唇を吸い、頬を手のひらで包み込む。窺うように優しく舌が唇のあいだに挟まって、マウロは控えめに口を開けた。

自分の心が閉じているとは思わない。普通にしているつもりだけれど、溶かしたいと言われるのは嬉しい気がした。初めて出会ったときよりも、ジャックが自分のことを気に入ってくれているのだろう。

（そばにいてって言ってくれるの、ジャック様だけだ）

憐《あわ》れみや親切を受け取るわけにはいかないと思うのに、ジャックの頼みは断りたくなかった。触れられればその分ジャックの孤独を癒せていると感じるし、キスされればマウロも嬉しい。

ジャックにとっては身体を重ねる行為も、大勢としてきたことだろうけれど、嫌いな相手とは、こんなふうにキスしたりしないはずだ。

(貴族様だもの、獣人の僕なんか、本気で愛してくださるわけないけど……でも)

ほんの少しでも好かれている、と思うと胸から腰までが甘く痺れる。口の中に差し込まれた舌は丹念に歯を舐めてきて、歯茎に触れる熱さが沁みた。

ぬるぬる舐められるなんて不快でもおかしくないのに、ジャックの舌は気持ちいい。ふるっと震えると、逃がさない、というようにジャックが身体を押しつけてくる。硬くて重い感触に、眼裏が桃色を帯びた。

「——ん、……っふ、……は、……ぅ」

ジャックはときおり唇を離してマウロを見つめつつ、飽きずに何度も重ねてくる。指先が胸を探り、小さな突起をひっかくように刺激した。

「……っぁ、……んぅ、……っぁ、……は、ぁっ」

かりかりといじられるたびに、むず痒いみたいに胸が疼く。鈍い痛みが胸の奥に生まれ、それが下半身に響いて、マウロは閉じていた目を開けた。

「っ、ジャックさま、……ん、……ぁ、い、いた、……あ、あッ」

なる。


「乳首が痛む？」

「はい……っ、む、胸のなか、も……いたくて、……ん、んっ」

「でも、気持ちもいいだろう？　勃ってきた」

ジャックは腰を押しつけた。ごり、と硬いものがマウロの性器に当たり、かっと身体が熱くなる。

「ぁ……っ、ふ、……ぁっ」

「ね？　マウロのペニス、もう硬くなってる」

休みなく乳首をいじりつつ、ジャックは腰を使って性器も刺激してくる。マウロの下着とジャックの服を通しても、彼の分身の熱ははっきりと感じられ、同時に自分も弾けそうなほど昂《たかぶ》っていることがわかって、視界がちかちかした。

「だめ……っ、こ、こすったら、……出、ちゃう、っ」

「いいよ。たくさん達くといい」

「……ッぁ、……んぅ……っ」

きゅっと乳首をつままれるのと同時に、舌が口の奥まで入り込んだ。ぞろりと上顎をなぞられて、くすぐったい快感が喉を伝う。続けて舐められれば身体がくねり、マウロは無意識のうちに自分からも腰を押しつけていた。

「……ん、は……ぅっ、ふ、ぁ、……っんん……」

口の中でくちゅくちゅ音が響く。ジャックは両手を使って胸を可愛がりはじめ、強弱をつけてつまみ出されるごとに意識がぼやけた。

(前より……身体があつい……)

口の端をたらたらと唾液が伝うのも、全身がひくつくのもとめられない。今にも達しそうで、耐えなければと思うのさえぼんやりと霞み、マウロは小さく腰を動かしながら射精した。

「——ッ、……ん、ふ、……ぁ、……っ」

「マウロは素直でとても可愛いね」

満足げに、ジャックは鼻先に口づけた。

「なにも言わなくても膝をひらいて、自分で上手にお尻が振れたね。お利口さんだ」

胸から離れた手が太腿を撫で上げ、マウロはひくんと震えた。指摘されるまで気づかなかったけれど、いつのまにか大きく股がひらき、膝がジャックの身体を挟み込んでいる。

「すみません……僕、みっともない格好を……」

「みっともなくないよ。褒めてあげたじゃないか」

ジャックは微笑んで寝巻きをたくし上げた。腕と頭を抜かせ、濡れた下着にも手をかける。

「さあ、次は蜜をたくさんこぼして。お尻の中を可愛がってあげる」

「……や、ジャックさま、」

優しい声で言われるのが恥ずかしい。べったり濡れた性器を見られるだけでも死にそうなのに、ジャックは閉じようとしたマウロの脚を掴むと、そのまま膝を持ち上げた。

「この前は最後までマウロの顔を見られなかったからね。こうやって膝を胸まで上げて、お尻の孔が真上を向くようにすれば、尻尾も下敷きにしないですむ」

腰の下に枕を入れ、裏腿を押さえて腰を上げる格好を保たせたまま、ジャックは優しい眼差しでマウロの身体を眺めた。

「この体勢なら、きみの全部が見えてとてもいいな。顔も、胸も、可愛い孔も性器も、耳も尻尾も」

「つあ、あんまり、見ないでください」

マウロは思わず尻尾を振った。ふかふかのそれで剥き出しの股間を隠そうとして、そっと掴まれてしまう。

「だめだよ、おとなしくして。すぐに気持ちよくなって、恥ずかしいのなんて忘れるからね」

言うなり、彼の顔が伏せられた。熱っぽく濡れたものが嚢に触れ、マウロはわけがわからないまま喉を反らせた。

「――ぁ、……っあ、ジャック、さまっ、……ぁ、あっ」

舐められたのだ、と悟ったときには、唇のあいだに陰嚢《いんのう》が含み込まれていた。ころころと舌で転がされ、ぴんと張った太腿に震えが走る。

「は……んっ、や、だめです……っそんな、とこ……っ」

「気持ちいいはずだよ。蜜が出てきてる」

指が性器に這わされると、ひん、と声が漏れた。再び勃起《ぼっき》してしまった幹は、さっきよりもべたべたになっている。それを楽しむようにジャックはしごき、指をたっぷり濡らすと今度は窄まりに触れた。両手の指を使って、くにゅくにゅと襞を揉んでくる。

「――ッ、ふ、……ん、……ぁ、……ぁ、あ、」

中に入れられる、と思うと、竦むようにも溶けるようにも感じた。嚢をしゃぶられるだけでもおかしくなりそうなのに、中の粘膜に触られたら、また弾けてしまう。

「ジャック、さまっ、……ん、い、いき、ますから……っや、ぁっ」

「達ってもらうために愛しているんだから、やめられないよ」

吐息をこぼして笑い、ジャックは広げた襞の中に指を入れた。閉じた粘膜をかきわけるように、ゆっくりとだが確実に二本の指が挿入される。根本まで埋まると左右に広げられ、びぃん、と全身が痺れた。

「あ……ッ、ぁ、……ぁ、あ……ッ」

くにゅくにゅと揉みながら拡張されるとおなかの中が崩れる錯覚がして、怖いと思った瞬間にマウロは達していた。少ない精液を勢いよく噴いてしまいながら、全身に走る快感につま先を丸める。

「……ッ、は、……ぁ、……ッ、ん……っ」

「ふふ、蜜がとまらないね。精液に続けて、ずーっと垂れているよ」

「ん……っは、……ぅ、……っ」

何度も腹が痙攣し、噴き出す感覚に身悶《みもだ》える。達し続けているかのようだった。長びく快楽はほとんど苦痛だ。目の焦点もあわないまま震えるマウロに、ジャックは幸せそうな顔をした。

「マウロが中を愛されるのが好きで嬉しいな。たくさんひくひくして、気持ちよさそうだ」

「あっ……、ぅっ、……ん、……は……っ」

指を動かされるとまた声が出てしまう。ゆっくり抜き差しされ続けると、特にぞくぞくと感じる場所があって、またそこを揉まれたら、と想像するだけでも震えが湧き起こった。これ以上、絶頂の苦しみに翻弄されたくない。けれど――達きたい。

達って、なにもかも手放して楽になりたい。

「ふ……ッ、ぁ、……ッは、……んっ……」

「そろそろまた達きたくなってきたよね。私を受け入れる前に、もう一回達ってごらん」

「つや……もう、……っは、……ぁ、……あ……っ」

達したらおかしくなる、と思うと怖くて、マウロはかぶりを振りかけた。瞬間、感じすぎる場所を指で押し上げられ、弓なりに反り返る。

「――ッ、…………っ！」

ぷしゅ、と蜜が噴き上がった。腹から脳天まで、稲妻めいた衝撃が駆け抜ける。漏らしちゃう、とぞっとした直後には勢いよく透明な汁が撒《ま》き散らされ、胸や腹をあたたかく濡らした。

「たくさん出せたね、マウロ」

うっとりと囁いたジャックが指を抜き、雫をまとった胸に舌を這わせた。ちゅくちゅくと乳首に吸いつかれ、口元が力なく歪む。

「ジャック、さま……ぁ、……ごめ、……な、さ……っ」

「きみが謝ることはなにもないよ。おいしい蜜だ、そんなに泣きそうな顔をしないで」

ジャックは慰めるようにマウロの頭を撫でると、かるく唇を吸ってくれた。幾度かキスをしたあとで、手早く服を脱ぎ捨てる。

「少し苦しいかもしれないが、このまま受け入れてくれ」

改めて高く尻を上げる体勢にされ、マウロはジャックが己に手を添えてあてがってくるのをぼんやり見つめた。なめらかな肌が、綺麗に作り上げられた筋肉を覆っている。夜のベッドの上の暗さでよく見えなくても、窄まりに当たる切っ先だけで大きいのだとわかる。

(前も……こんなに、おおきかったっけ……)

初めてで二度抱かれたときよりも、全身がだるいせいか、ジャックの分身がいっそう太く、逞しく思える。その先端が丁寧に股間にこすりつけられ、マウロのこぼした蜜をまとって、襞の中へともぐり込んできた。

「——ッ、あ、……ぁ、……ぁ……——っ」

真上から突き刺すように侵入してくる雄は、ひどく重たく感じられた。腹の奥がひきつれたようで、きっとまた痛い、と思ったのに、予想に反して、内側から響いたのは熱と重さ、そして痺れだった。

「ぁ、……は、……んッ、……ぁ、……っ」

「とてもやわらかいよ、マウロ。吸い込まれるみたいに入る」

見下ろすジャックは舌を伸ばして自分の唇を舐めた。笑みを浮かべた表情は満足げで、瞳は常よりも強く煌《きら》めいている。

「見てごらん？　蜜がまた出てきてる。震えているけど、表情もとろけそうだ——気持ちがいいね？」

「————っ、ぁ、……ッア、あ……あ——っ」

ずん、と突き入れられると覚えのある火花が身体のあちこちで弾けた。かくんと顎が上がり、出す気のない声が甘く溢れていく。——苦しい。おなかいっぱいに熱いものが入っていて、息もできない。

(やだ……っもう、もう、いき、たい……っ)

性器もお尻の穴も溶けそうな気がする。疼いて仕方のないおなかの奥を、いっそぐちゃぐちゃにかき回されたかった。

はく、はく、と唇だけを動かすと、狙いをつけて再び奥を穿たれて、きゅんと腰が上がった。

「マウロは小さいから、ここがもう行きどまりだね。こうやって突かれるのも好きになってもらえるといいんだけど」

「……ん、……ぁ、……く、……ぅ、……んっ」

「可愛いな。尻尾も振ってくれるの？」

ジャックが動くたびに、内臓がひしゃげて意識がぐらつく。ゆっくりとだが容赦なくかき混ぜられる感覚に、また出る、とわかってあちこちが震えた。尻尾は警戒したときのように落ち着きなく左右に動いてしまう。

「あ……っ、あ、……ジャック、……さ、ま、ぁっ」

出ちゃう、と訴えるより早く、また蜜が噴き出した。

「ひ……ぁっ、……ぁ、……んッ、や、……ぁっ」

こんなおもらしみたいなこと、恥ずかしくてたまらないはずが、噴いてしまうのと同時に絶頂が訪れて、すうっと視界が暗くなった。膝を掴んで持ち上げられた足の先がふらふらと揺れるのが、自分のものではないようだ。

(あつい……、あつい、よぅ……っ)

おなかの中はじゅくじゅくに熟れ、爛れてしまったように感じる。なのに、ジャックは腰を使うのをやめなかった。

「上手に蜜噴きできたね。そのまま、もっと達ってごらん。お尻の、ここだけで達くんだ」

「……っひ、……ん……ッ」

じんじんするところに強く硬いものがぶつかり、突き潰される。ジャックは正確に同じ場所を何度も狙い、ほどなく、耐えきれないうねりにマウロは身体をしならせた。

「――――――っ！」

空の上から落ちるような錯覚。

落ちながらふわふわと漂っているみたいで、なにも考えられなかった。苦しいし、熱いし、落ちるだなんて怖い。でもどうしてか、同じくらい――ずっとこうしていたいほど、心地よい。

「偉いねマウロ。きみはとても健気《けなげ》だ」

嬉しげに囁きながら、ジャックはさらに数度動いた。じっとりと熱いものが奥に押しつけられてとまる。どくん、と脈打つように膨れ上がって感じられたあと、熱いような、溶け崩れるような感じがして、マウロは無意識のうちに腹の奥を締めていた。

沁みてくるこの感じ。――ジャックも、マウロの中で達したのだ。

ジャックは眉を寄せ、粘膜の吸いつきを楽しむようにじっとしたあと、長いため息をついた。肉杭が静かに抜けていっても、重たく濡らされたような感覚は消えなくて、マウロはぼんやりしたまま「よかった」と思う。

(今日は……ジャック様も気持ちよくなれたんだ)

前よりも役に立てた。心も近づけたように思えて、そっと抱きしめられるのがたまらなく幸福だった。

歯を立てるとクッキーはさくっと崩れる。真ん中に載せたキャラメルフィリングがねっとりと絡まり、甘くて苦い味が口いっぱいに広がった。

「――おいしいです！」

ぱっと目を開けて、マウロは見守っているサミーに笑顔を向けた。

「大成功です！　このクッキーなら、アーモンドの薄切りがぴったりだと思います」

「よかったわ。ジャムのかわりにキャラメルを載せて焼くアイディア、ばっちりだったわね」

「サミーがジャムクッキーのレシピを教えてくれたおかげです」

「マウロの腕がいいのよ」

サミーはふくふくとした頬を緩ませ、優しくマウロを促した。

「お茶を用意してあげるから、ジャック様にお持ちしたら？　きっと喜んでくださるわ」

「はい、持っていきます！」

もう夜だけれど、どうしてもやらなければならない仕事があるらしく、ジャックは夕食のあともソファーで本や書類を確認していた。

三度目に抱かれてから十日。彼は毎日忙しそうで、サラディーノと一緒に出かけていく。戻ってくるのは早くて夕方、遅いときは日が暮れたあとだった。今日はついに、朝の畑も一緒に行けず、マウロはずっと台所でサミーを手伝って過ごした。

仕事だからわがままを言うわけにもいかないが、丸十日も午後のお茶を一緒にできなくて、マウロは寂しかった。顔には出ないように気をつけていたつもりだが、サミーは「ジャック様もきっとお疲れだろうから、夜のお茶用に新しいお菓子を用意してみたら」と言ってくれた。それで午前中にクッキーを焼いてみたのだが、予想以上の出来栄えなのが嬉しい。

（これならジャック様も喜んでくれそう）

丁寧に皿に並べていると、やかんを火にかけたサミーが振り返り、マウロを見て微笑ましそうな顔をした。

「こうしていると、リデア様を思い出すわ」

「ジャック様の妹さんですよね」

「ええ。彼女も、お兄様とお茶がしたいと言って、サミーのお菓子作りを手伝ってくれたりしたものですよ。もっとも、ジャック様がご一緒してくださったことはなかったけれど」

エプロンを撫でつけるサミーは懐かしそうでもあり、悲しげでもあった。マウロは作業台の前の椅子を引き、彼女を座らせた。ありがとうね、と言ったサミーはクッキーをひとつかじる。

「対照的なご兄弟でね。ご病気がちなのにいつも笑顔で可憐なリデア様と、聡明だけれど赤ん坊のころから笑ったことのないジャック様。リデア様は誰にでも気さくに声をかけるけれど、ジャック様は挨拶をされても無視するばかりで、いつもお一人だったわ。お世話をするわたしはそばにいたし、作った食事は比較的残さず召し上がってくださったけど、わたしのことだって好きじゃないのは明らかでね」

「ジャック様は、サミーのことは好きなのかと思っていました」

「ご両親のことさえお好きじゃないんだもの、わたしなんかうるさいと思っておいでしたでしょうよ」

サミーはほがらかに笑い、それから「でもねえ」とため息をついた。

「長年子供の世話をする仕事をしていれば、孤独を好む子もいるのはわかっているから、わたしはよかったの。もちろん、中でもジャック様は飛び抜けて変わった子だったけれど、一人でいたいという意思表示はできたわけだから。それがリデア様が亡くなってからは、急に社交的に振る舞うようになって——却っておつらそうで、見ていて苦しかったわ。だから一度だけ、無理することはないんですよと申し上げたの。そうしたら、あなたが気にすることはないと言って、わたしはクビになってそれっきり」

「——そんな」

ジャックのためを思っての言葉だと、わからない人ではないはずだ。だが、サミーは「いいのよ」と笑って首を振る。

「きっと最後のわがままを言ってくださったんだと思うことにしたの。ただ、もちろん気がかりだったわ。ときどき噂で知るだけだったけど、ずっと心配だった。それが急に、サラディーノが家まで来たと思ったら、ここでジャック様のために食事を作ってほしいって言われて……本当に嬉しかったのよ」

サミーはマウロを見つめ、ふっくらした手を差し伸べた。マウロが握ると、優しく握り返してくる。

「マウロはリデア様に似てるってジャック様が言うのが最初は不思議だったけど、わたしも今は似ていると思うわ」

「……でも僕、獣人ですよ？」

マウロはゆっくり尻尾を振った。買ってもらった尻尾の出る服は、結局家の中で着ている。家の中でなら見るのはジャックとサミー、それにサラディーノだけだから、出しっぱなしなのにも慣れた。けれどまだ、外に出る勇気はない。

「もちろん、外見は違うわ。でも、雰囲気と言えばいいかしら。リデア様は近くにいる人を、あたたかい気持ちにさせてくれる方だったの。その雰囲気がマウロにもあるから、ジャック様がマウロを大事にしているのを見ると、わたしは胸がいっぱいになるの」

サミーは赤くなった目元を恥ずかしそうに押さえた。

「あなたがここに住むようになってから、もうひと月近くになるでしょう。わたしはジャック様がお小さいころからお世話させてもらったけど、彼が自分から誰かをそばに置きたがるなんて初めてだし、こんなに長続きするなんて思いもしませんでしたよ。……まさか、あんなに優しい顔をするジャック様が見られるなんて」

こらえきれないように涙を拭うサミーに、マウロもこの家で暮らしはじめてからのことを思い返した。長いようにも短いようにも感じる。初めてのことばかりで、あまりにも幸せな一か月。

「僕でお役に立てているなら、嬉しいです」

「うんと役に立ってるわ。わたしは彼が孤独でなければ生きていけない人なのかと思っていたけれど、本当は——たった一人を深く愛される方なのかもしれないわね」

ちくん、と心臓に痛みが走った。

(たった一人……)

「これからも、ジャック様を支えて差し上げてね」

「——はい、もちろんです」

涙ぐんでいるサミーに頷いてみせながら、マウロは複雑な気持ちだった。

昔からジャックと妹をよく知るサミーに太鼓判をおしてもらえるのは誇らしい。けれど同時に、寂しい気もした。

(ジャック様、リデア様のことが本当に好きなんだな)

もうここにはいない妹だけを、彼は愛しているのだ。マウロに恋人になってほしいなどと言い出したのも、それだけ、リデアが大切だからなのだろう。

僕が愛されているわけじゃない、とマウロは自分に言い聞かせた。それは当然だから、べつにかまわない。さみしくなんて思ってはいけない。でも、サミーだってサラディーノだって、ずっとジャックのそばにいて彼を思いやっているのだ。ジャックは二人にも、嫌われてもかまわないと思っているのだろうか。

今は以前よりも心をひらけるようになっているといいけれど、と思いながら、マウロはポットに茶葉を入れた。

いずれにしても、マウロにできるのはジャックを支えることだけだ。彼の愛する妹に見えているなら、できるだけ似ていると思ってもらえるようにする。

(ジャック様が忙しくしていて寂しかったけど——リデア様なら、そんなわがままはきっと言わないよね)

彼女なら、控えめに、かつ献身的に優しく尽くすに違いない。

沸いたお湯をポットにそそぎ、カップとクッキーを一緒にトレイに載せて、応接間へと急ぐ。こぢんまりとして部屋数も少ないこの家では、ジャックは仕事も応接間ですませるのだ。

ジャック様、と声をかけようとして、マウロは声を呑み込んだ。彼は集中した様子で分厚い本に目を落としている。まだ忙しそうだ、と躊躇ったのだが、ジャックのほうが気づいて顔を上げた。金色の瞳がランプの光に煌めき、笑みをたたえてマウロを見つめる。

「いい匂いがするね、マウロ」

「――お茶とクッキーをお持ちしました。ジャック様、お疲れじゃないかと思って」

ソファーの前のローテーブルにトレイを運んで床に膝をつき、マウロはジャックを見上げた。

「ごめんなさい。せっかく集中されてたのに、邪魔してしまいましたか？」

「大丈夫だよ。あと少しで読み終わる。今日中に片づけてしまいたくてね」

ジャックは皿からクッキーを一枚取って、珍しそうに眺めた。

「キャラメルをクッキーに載せたの？」

「はい。サミーがジャムクッキーを教えてくれたんです。ジャック様が昔お好きだったからって。それで、ジャムのかわりにキャラメルを載せてもおいしいかもしれないと思って……」

言っているあいだに口に入れたジャックが、目を見ひらいたあと感嘆の声を漏らした。

「すごくおいしいよ、マウロ。キャラメルはクッキーにもあうね」

「気に入ってもらえてよかったです」

ほっとして、マウロはお茶をそそぎわけた。カップが二つ用意してあるのは、お茶も食事も、必ず一緒にするようにと言い含められているからだ。

もうひとつクッキーを取ったジャックが手招きしてくれる。

「こっちにおいで。マウロは私の膝の上でお茶にしなさい」

「――でも、ジャック様、まだ本を読まなくちゃいけないんですよね？」

「まだ読まなくちゃいけないから、抱っこしたいんだ。ほら」

ぽんぽんと膝を叩かれて、マウロはおずおずとそこにお尻を乗せた。横向きに抱き寄せられる格好で、ジャックの肩にこめかみを預ける。

「読みにくくありませんか？」

「平気だよ。もっと力を抜いて、楽にしていればいい」

ジャックは慣れた手つきで頭を撫でてくれた。カップも取って渡し、再び本に目を向けながらマウロの尻尾に手をすべらせる。その感触に、マウロは赤くなってカップに口をつけた。

（……どうしよう。なんだか前より、どきどきする）

こんなふうにくっつくのは久しぶりだからだろうか。居心地がいいはずが落ち着かず、心臓がどきどきした。

撫でられている尻尾はくすぐったい。ジャックの手の動きにあわせて、尻尾だけでなくおなかの奥までがざわつく。意識して我慢しないと、お尻がもじもじと動いてしまいそうだった。きゅっと鳩尾《みぞおち》に力を入れたが、もう一度根本から先端へ向けてしごかれると、声が漏れそうになった。

（あ……ぬ、濡れちゃ、う）

じわりと疼いた股間が今にもかたちを変えそうだ。小さく身じろぐと、気づいたジャックが視線を向けてきた。

「尻尾、撫でられるのはいや？」

「……ちょっと、くすぐったくて……」

「やめてほしい？」

「だ──大丈夫、です」

いやだ、とは言いたくなかった。ジャックが触りたいなら、触ってもらうのが自分のつとめだ。好きです、と小さく言い添えると、ジャックは尻尾の芯を揉むようにかるく力を入れた。

「……、ぁ、」

「少しは変わった？」

思わず漏れた喘ぎが聞こえなかったのか、ジャックはただ穏やかに聞いてくる。

「この前、私の精を身体の中で受けとめただろう？　夫婦みたいに愛の営みをしたんだ。マウロの身体や気持ちは、変わってはいない？」

マウロはひやりとして、慌てて首を横に振った。

「いえ、大丈夫です。変わったりしてません」

お茶の時間なのに淫靡《いんび》な気分になったのを見抜かれた気がした。妹なら絶対あり得ないことだと、マウロはきつく膝を閉じあわせる。ジャックはふっと笑みを浮かべた。

「残念だ。真っ赤な顔をして言われたから許してあげるけどね」

「……すみません」

許す、ということは、やっぱり不愉快だったのだろう。小さく身を縮めると、ジャックはなだめるように抱き寄せてくれた。

もたれかかるように促され、こめかみを彼の肩に預けて、なるべく意識して力を抜く。手渡されたクッキーを両手で持ってかじると、ジャックも一枚取って、幸福そうに口に運んだ。

「マウロが言っていたことがわかるよ。キャラメルの味がずっと消えなければいいのにね」

楽しげに煌めく瞳がマウロを見下ろしてくる。

「おいしくて食べすぎてしまうから、せめて味が消えなければ、ずっと幸せな気分でいられる。――でも、消えてしまうほうがきっといいね。そうすれば明日も明後日もマウロに作ってもらえるし、そのたびにおいしさを噛みしめられる」

夢見るように甘やかな瞳で見つめられると、じんと胸の奥が痺れた。

「僕も――毎日食べていただけたら、嬉しいです」

マウロにとって、キャラメルは幸せな気分になれる特別な味だ。それをジャックも、幸福だと感じてくれているのだ。

二枚目のクッキーの残りを全部口に入れ、甘苦い味で口を満たして、ジャックに向けて笑いかけた。

「ジャック様がお忙しい日は、今日みたいに夜のお茶にお誘いしますね」

「うん、頼むよ」

マウロの髪に指を絡めて優しくひっぱり、ジャックは二回、耳に口づけた。

「私は最後まで読んでしまうから、マウロは眠くなったらこのまま寝て」

「このままって……ジャック様の膝でですか？」

「ああ。もうしばらくかかりそうだからね。終わったらベッドまで運んであげる」

「でしたら僕、先に寝室に行ってます」

膝から降りようとすると、ジャックはふわりと引きとめた。

「ここにいて。マウロを放したくないんだ。……いや？」

聞いてくるジャックの瞳は甘く煌めき、捩れるように心臓が痛んだ。

「いや……じゃ、ないです」

「じゃあ好き？」

「……はい。好き、です」

「ありがとう。もっとぺたっとくっついていいからね」

ジャックはマウロの手からカップを取り上げ、テーブルに戻す。居心地がいいように抱き直し、耳をくわえるようにキスをした。

「おやすみ、マウロ」

「――おやすみなさい、ジャック様」

声は少し震えて、マウロは胸を押さえて目を閉じた。ジャックの望みどおりにぴったり彼にもたれかかり、彼の好きな尻尾を静かに揺らす。

（このまま夜が明けなければいいのに）

ずっとこうしていたい。明日もジャックは忙しいだろうから、朝なんて来なくてもいい。抱きしめてもらったままがいい。

（お忙しいの、いつ終わるのかな……）

聞いてみようかな、と薄く目を開けてジャックを窺い、マウロは結局黙っていることにした。

明けない夜はないけれど、多忙だって永遠には続かない。忙しい時期が過ぎれば、ジャックはまたのんびり過ごすのだろう。メープルシロップを採るのも手伝ってもらおう。タフィーも一緒に作ってみたい。時間ができたら、焼き上がる直前の台所中に広がる甘い匂いに包まれたら、きっとジャックも喜んでくれる。上手にできたらサミーやサラディーノも一緒に、庭でお茶にするのもいい。

小さいころ、ぼんやり夢見ていたような、最高の生活だ。お父さんとお母さんとおじいちゃん、みんなが揃っていて、あたたかな家でのんびりと暮らす、不自由のない日々。

実際にはサミーたちはあかの他人で、マウロはあとからまぜてもらっただけのよそ者だけれど——この家は、自分がいることを許されていると感じられる場所だ。

僕はなんて恵まれているんだろう、と思いながら、マウロはこっそりとジャックの服の端を握った。

出かけよう、と誘われたのは翌日だった。

「港に知り合いの船が到着しているんだ。貿易船で、ナッツも砂糖も、りんごも安く買える。甲板から海を見ることもできるよ」

「僕、船は初めてです。海に浮かんでいるんですよね。——お、落ちませんか？」

海は途方もなく広く、底がないほど深いのだそうだ。怖くて、ノーチェの街で暮らしはじめてからも、港まで下りてみたことはなかった。

「僕、泳げないんですけど……」

「大丈夫だ、落ちたりしない。万が一落ちても、もちろん私が助けるよ」

くすくす笑って約束したジャックは、着ていく服も選んでくれた。彼が一番気に入っている、黒のズボンと青のシャツに黄色のリボンを結ぶ装いだ。尻尾は背中に添わせ、見えないように新しく買ってもらった上着を羽織った。

涼しく晴れた過ごしやすい日で、街並みも明るく見える。ジャックに手をつないでもらい、マウロは眩しい気持ちで彼を見上げた。

「ジャック様は、背が高いですよね」

「どうしたの急に」

目尻を下げてジャックが微笑む。瞳の色だけでなく目のかたちも綺麗なのだと気づいて、きゅっと胸が熱くなった。

「なんだか、こうして歩くのは久しぶりだから嬉しくて」

ぼうっと答えてしまってから、マウロははっとして言い直した。

「す、すみません！　お仕事お忙しかったのに、寂しかったみたいなことを言って……毎日お菓子が作れて楽しいのに、贅沢ですよね」

「昨日の夜に目当ての船が着くことになってたからね。どうしてもマウロと行きたくて仕事を片づけたんだけど、寂しがらせてすまなかった」

ジャックは手をつないだまま、あいている左手を伸ばして髪を撫でてくれた。耳のところはかるくくすぐるように触れられて、ぴるぴると動いてしまう。むずむずした心地よさも気になるけれど、それ以上にびっくりして、マウロは目を丸くした。

「僕と出かけるために、忙しくしてたんですか？」

「ああ、もちろん」

「――その船で、お仕事があるとか？」

「違うよ。ただマウロを連れていきたいだけだ。今日と明日は、私につきあってほしいから」

微笑まれて、胸の中で明るいものがぱっと弾けた。見ひらいた目元も、ジャックは撫でてくれる。

「びっくりした顔をして。嬉しい？」

「はい……！　僕、どこでもお供します！」

急いで何度も頷いて、マウロはジャックの腕にしがみついた。

出かけるために頑張ってくれていたなんて、全然知らなかった。忙しいのに、わざわざマウロとの時間を取ろうとしてくれたのだと思うと、昨日までのわずかな寂しさも吹き飛んで、足取りが弾む。

「すっごくすっごく、嬉しいです。ジャック様とお出かけできるなんて！」

ジャックの腕をぎゅっと抱きしめると、ジャックは「わかるよ」と笑い声をたてた。

「上着の中で尻尾が膨らんでるからね。マウロは楽しかったり嬉しかったりして気持ちが昂ると、尻尾がぼわってなるよね」

「め、目立ちますか？」

首を捻って、マウロは自分の背中を見た。たしかに上着は不自然に膨らんでしまっていたが、意識したところで尻尾はなかなかしぼまない。

「大丈夫だよ。そのうち落ち着いて下に垂れてくる」

「でも、そしたら見えちゃいます」

「見えたら私が嬉しいだけだ。誰かに揶揄《やゆ》されたら、抱っこして隠してあげよう」

ジャックはマウロの耳に口づけてくる。

「二人でいるんだから、マウロは遠慮したり気にしたりしないで、楽しい気持ちでいて？」

「――はい」

微笑みかける瞳が眩しくて、マウロはこくんと頷いた。マウロと過ごしたい、と言ってくれるジャックが望むなら、尻尾は見られてもいい。馬鹿にされても平気だ、と生まれて初めて思えて、身体が熱くなった。

(嬉しい……嬉しい。ジャック様が、一緒にお出かけしたいって思ってくれたなんて)

家で過ごすだけでなく、外にも一緒に行きたいと考えてくれたのだ。おつかいや用事でもなく、必要がないのに出かけるのは、マウロにとって特別なことだった。

こんなに幸せだなんて夢みたい、とジャックの腕にしがみつき直すと、急ぎ足で歩いてきた女性が、どん、とぶつかってきた。お互いはっとして振り返り、マウロは目を見ひらいた。

「メイラン？」

俯いて深くフードをかぶっていたせいでわからなかったが、紅竜館のメイランだった。青ざめた顔をした彼女はマウロを見て眉をひそめ、ジャックに気づくといっそう苦しげな表情になった。それでも、かろうじて笑みを浮かべる。

「こんにちはマウロ。ジャックとお出かけなの？」

「はい。ジャック様が誘ってくださって。メイランもお出かけですか？」

「わたしは用があって。――急ぐからまたね」

顔をそむけて立ち去ろうとした彼女は、思い直したように戻ってきて、ジャックを見上げた。

「マウロに、気をつけてあげて」

「どういうこと、メイラン」

訝しげにジャックは聞いたが、メイランは答えずに去っていく。逃げるかのような足取りの背中を見送って、マウロはジャックを見上げた。

「メイラン、なんだか具合が悪そうでしたね。大丈夫でしょうか」

「なにか心配事があるのかもしれないね。私が紅竜館を訪ねて聞いてみるよ」

「でしたら、お茶に招くのはどうですか？　僕、甘くておいしいお菓子を焼きます」

言ってから、マウロははっと口を押さえた。

「す、すみません。あそこはジャック様のおうちなのに、勝手に招くだなんて……」

「かまわないよ。そうだね、誘ってみるのもよさそうだ」

よしよし、と頭を撫でて、ジャックは歩きはじめる。肩に回った手が優しい力でマウロを引き寄せて、マウロはまた胸の中があたたかくなるのを感じた。

（身体の中まできらきらしてるみたい）

足取りまで浮ついてふらつきそうなほどだ。幸せだなあ、と心の中で繰り返したマウロは、耳に飛び込んできた声にびくりとした。

「俺が行ってきてやるよ。なあに心配はいらない。やっちまえば、親父だってだめとは言わないんだ」

威圧的なだみ声は紅竜館の息子のものだ。マウロを怒鳴りつけるときの暴力的な響きはないが、機嫌がよくても偉そうに聞こえる。そっと視線を動かすと、道の端、建物に背中を預けるようにして、彼は旅装の男と向きあっていた。

「俺は親父より豪胆だからさ。貴族のタスカ家とだって仲がいい。たいていのことは融通してやれるから、あんたもやりやすくなるってもんよ」

気安く相手の肩を叩いた紅竜館の息子の顔がこちらを向いて、マウロと目があった。ひやりとして俯いたが、彼がにやりと笑うのが目に焼きついた。相手の男になにか囁き、振り返るのが視界の端に映る。

「あんな獣人のどこがいいんだか、貴族様ってやつは変わってる」

嘲笑まじりの大声が響いた途端、ぐっと肩が引かれ、ジャックが彼らからマウロを隠すように身体の位置を入れ替えた。

「無視しておくんだ、マウロ」

ジャックは落ち着いて前だけを見ているが、普段よりも少し厳しい顔つきだった。

「あいつは最近、どんどん評判が落ちているからね。賭博で借金が膨れ上がって、荒っぽい真似をしはじめたようだし、極力関わらないほうがいい」

「……はい」

頷いて、それでもマウロは半分だけ振り返った。通りには人が多いから、紅竜館の息子の姿はよく見えない。彼の前に立つ旅装の男もこちらを向いているようで、日差しを遮るように額に翳した手首には、つけた腕輪が光っていた。

わけもなく背筋がぞくりとして、マウロは慌てて前を向き、ジャックの服を掴んだ。一瞬だけ、あの蛇の腕輪の旅人――ズミヤーではないか、と思って、指先が冷たくなる。

(でも、きっと違うよね)

二年半放浪するあいだ、一度も彼とは出会わなかった。商いをする人間ならノーチェに来る可能性は高いが、腕輪をつけている人は大勢いるし、似ているかどうかもわからなかった。

それに、用心していれば二度と騙されることはない。

気を取り直してジャックの手を探り当て、自分からつなぐと、気づいたジャックが表情をやわらげ、行く手を指さした。

「あの船だよ、マウロ」

「わあ、すごく大きいですね！」

遠目にも、ほかの船よりも大きいとわかる。海沿いの道に出て波止場まで下りると、聞き慣れない波の音が耳につき、潮の香りが強く漂った。目当ての船には渡し板がかけられ、ジャックは番をしている男に声をかけると、慣れた様子で船へと渡った。

船内から甲板へと上がると眼前に海が広がっていて、びくびくしていたマウロも思わず歓声をあげた。

「すごい……！　これ、全部海ですか？」

「そうだよ。あの水平線の先も、ずーっと海だ。何日も進むと別の大陸や島に行ける」

絶え間なく波が打ち寄せるせいで、巨大な船も常にゆらゆらと動いている。手前では透き通って見える海は、離れるにつれて明るい碧《みどり》に輝き、遠くけぶる水平線まで深い青へと変わりながら煌めいていた。

見たこともない広大さに声も出なくなって立ち尽くすと、ジャックがそっと腰を抱いた。

「マウロ。あまり海ばかり見てると目眩がするよ。品がたくさん出ているから、一緒に選ぼう」

「品物、ですか？」

視線をジャックに戻すと少しふらふらした。寄りかかってため息をこぼし、改めて甲板を眺める。広いそこには人が大勢いて、露店市のように敷布の上に並んだ商品を見て回っていた。

「この船は別の大陸と、西にある島国を経由してヴァルヌスに戻ってくるんだ。いろんなものを扱っているが、今日はチョコレートとナッツと、マウロが気に入ったものがあればそれも買おう」

「チョコレートって僕、食べたことないです」

故郷のほうでは聞いたことすらなかった。こちらでは人気のお菓子らしく、カシスが大好きなのは知っていたが、口にしたことはない。

「味見もできるよ。まずはチョコレートを買おうか」

ジャックはマウロを抱き寄せたまま、所狭しと並ぶ敷布のあいだを進む。マウロは物珍しさにきょろきょろした。木の器に溢れるほど盛られたスパイス。鈍い金色に光る燭台や皿。積み上げられたレモンに穀物の袋、布や服、籠に入った鶏までが雑多に並び、市場みたいに賑やかだ。ジャックは天幕を張った場所で立ちどまり、中にいた男性に声をかけて、焦茶色の塊をマウロにもらってくれた。

口に入れると不思議な香りがする。噛むとざらりと甘く、キャラメルとは違った苦さと香ばしさがいっぱいに広がった。

「おいしいです、ジャック様!」

ぴょんと尻尾を立てて、マウロは頬を押さえた。

「世の中にはこんな食べ物もあるんですね……」

「私もチョコレートは好きだ。マウロのタフィーを食べるまではチョコレートが一番好きだったんだけど、今はタフィーのほうが好物だよ」

「でも、チョコレートもナッツにあいそうです。タフィーに入れてもおいしいかも」

「それはいいな、ぜひ作ってくれ」

ジャックは金貨を取り出して男性に渡し、紙袋いっぱいのチョコレートを買った。そんなにたくさん、とマウロは目を瞠ったが、ジャックは「足りないくらいだよ」と笑う。

「いろんな人に食べてもらおう。サミーとサラディーノだけでなく、カシスやメイランも食べたいだろうからね。たくさん作るにはたくさん必要だろう？」

ウインクされて、メイランを本当にお茶に誘ってくれるのだ、とわかると、また胸が熱くなった。

「じゃあ、頑張っていっぱい作りますね」

「ナッツもたくさん買おう。西のアビー島で採れる胡桃は大きくておいしいんだ」

微笑んだマウロに同じように笑みを返して、ジャックは宣言どおり、大きな麻袋入りの胡桃を買った。荷運びの少年に家まで届けるよう頼んで、マウロの手を引く。

「少し休もう。あそこに上がれるから」

指さした先は、甲板から突き出した船室の屋根の部分だ。はしごで上がるとぐるりと長椅子が造りつけられ、何人もの人が思い思いにくつろぐ中、旅芸人が数人、真ん中で芸を披露していた。大きな輪をいくつもかるがると操る華麗な技に、見物している男たちが拍手を送る。マウロは懐かしさに目を細めた。

「輪投げ、僕も練習したことがあります」

「マウロが？」

あいた場所に腰を下ろしながら、ジャックが優雅に首をかしげた。はい、と頷いて隣に座る。

「サーカスの一座にいたから、早く芸を覚えろと言われていて。いろいろやりましたけど、小さかったから、できるのは玉乗りくらいでした」

「玉乗りができるのだって十分すごいよ。マウロは本当に万能だな」

「万能なんかじゃないですよ。できないことばっかりです。……ジャック様のほうが、褒めるのも上手ですごいです」

照れて耳を触りつつ見つめると、ジャックは幸せそうな笑顔になって頭を撫でてくれた。無言のままでも慈しんでくれているのが伝わってくるような、表情と手つきだった。

心地よい潮風が抜けていき、なんて美しい日だろう、とマウロは思う。よく晴れていて、波の音がして。海に浮かんだ船まで、遊びがてら買い物に来ているのだ。

お礼を言おう、と口をひらきかけたとき、通りかかった男が「へえ」と声をあげた。

「珍しいな、リスの獣人か」

どきっとして振り返ると、いかにも船乗りらしい格好の、大柄な男だった。手にした瓶は酒なのか、顔が赤らんでいる。青っぽい目がじろじろとマウロを眺め回した。

「なんだいおまえ、ノーチェに住んでるのかい？　リスは北のほうに住んでいる種族だろう」

「マウロは私と暮らしているよ」

さりげなく肩に手を回して、ジャックがかわりに応じた。貴族だと気づいた男は慌てた表情になり、なだめるように手を上げた。

「べつに難癖つけようってんじゃないですよ旦那。ただ珍しいなと思っただけで。俺が知ってるリス族は、ウェルデンって国の森の連中だけなんでね」

故郷の森のことだ。マウロはひそかに身を硬くしたが、男は気づかずに話し続ける。

「俺の友達は北の凍土にも船をつけてるんで、よく聞くんです。ウェルデンの森ではいいナッツが手に入るんですが、住んでるリスはどうにもつきあいづらいって言っててね。用心深くて森からは滅多に出ない連中なんですよ」

「北の凍土に近い森なら、狼や熊の獣人もいるからじゃないか？」

「ええ旦那、そのとおりです。でも、閉じこもってばっかりだからか、執念深いらしくてねえ。いったん取引がこじれると厄介らしいです。話題もいっつも同じで、最近じゃもっぱら、人さらいが来たっていう恨み節ばかりらしい」

マウロたちの前に座り込んで、男は酒を口にしつつ、手振りをまじえて話す。表情は笑顔で敵意はないから、よかれと思って話題にしているのだろうと知れた。

「なんでも、何年か前によそ者が住み着いたとかで、そいつが人さらいを招き入れたらしくてね。でも、さらわれたのは赤ん坊が一人、ほかには布だの食べ物がちょっと盗《と》られたぐらいらしい。たちの悪い山賊にでもあたれば皆殺しだってあるのに、のんきなもんでしょう。育ててやった恩も忘れて森を売ったとか恨み言を言っているらしいが、俺らに言わせりゃ世間知らずだ。リスの獣人ってのはみんなそんなものかと思ってたけど――あんたみたいに、ノーチェで暮らすのがいるなんてなあ」

初めて見たよ、と男はマウロを眺めた。

「身なりもいいし、賢そうだ。この街の生まれかい？」

「生まれは――ウェルデンです」

曖昧にやりすごしてもいいはずが、気づくとマウロはそう口にしていた。胸が苦しくて、ぎゅっとこぶしを握りしめる。

「あなたが話した森なら、僕もよく知っています。一年中寒くて、厳しい土地なんです」

僕はこんなに幸せなのに、と思うと目が潤みそうだった。

昼間に働きもせず、のんびり買い物に来られているのも、身なりが綺麗なのもジャックのおかげだ。マウロが秀でているからとか、努力したからじゃない。偶然、幸運に恵まれただけ。

三年経ってもマウロとあの旅人を恨んでいる森の仲間たちは、ほとんど変わらない生活を送っているのだろう。毎日働いて、寒さに耐えながら慎ましく暮らしているだけなのに、街に出れば蔑まれ、遠い異国でまでこんなふうに噂されるなんて――あまりにもせつない。

「ジャック様がおっしゃったみたいに、危険もたくさんあります。獣人だから街では見下されるので、つい森にこもりがちになるけど、家族には優しいし、真面目に働いて暮らしています。

――悪口は、言わないでください」

船乗りの男は呆気に取られた顔をしていたが、マウロが見つめると決まり悪げに頭をかいた。

「悪口のつもりじゃなかったんだ。だけど、悪かったよ」

「私の恋人は可愛いだろう」

ジャックは得意そうにマウロを抱き寄せた。

「控えめで、仲間思いで、思慮深くて優しいんだ」

「獣人が貴族様の恋人なんてねえ。世の中変わったもんだ」

呆れたのとびっくりしたのをまぜたような表情で、男はマウロとジャックを交互に眺めた。

ジャックはちゅっとマウロの頬に口づけた。

「私だってマウロに出会わなければ、獣人には興味を持てなかったかもしれないよ。彼は私の特別なんだ」

「……ジャック様ってば」

人前なのに二度、三度とキスされて、マウロは赤くなった。船乗りは完全に、マウロがジャックの恋人だと信じてしまったようだ。違うのに、と申し訳なかったが、ジャックは色っぽく目を細め、髪に指を絡めた。

「そろそろ行こうか。寄りたい場所がもうひとつあるんだ」

「わかりました」

立ち上がると、ジャックは船乗りの男に手を上げた。

「今度また、ウェルデンの森のことを聞かせてくれ。今の様子が知りたいんだ」

「友人に聞いておきますが、あのあたりは一年二年じゃ変化もありませんよ」

やれやれと言いたげに肩を竦めて、彼はぶつぶつ呟いた。信じられないとか、獣人がねぇ、とか言う声はマウロの耳にも届いたが、不思議ともう、傷つきはしなかった。

彼にとっては変わり種のマウロでさえ、所詮は獣人なのだろう。でも、悪い人じゃない。やめてくださいと頼んだら謝ってくれたのだから。

「マウロは抗うときでも、自分のためじゃなくて人のためだね」

ジャックははしごを降りるのを手伝ってくれながら、じっとマウロを見つめてくる。

「戦えないと言っていたのに、故郷のみんなのためなら、悪口は言わないでって言えるんだ」

「……だって、なんだか申し訳ないですから」

甲板に降り立ち、手を握ってもらったまま船の中へと階段を下りる。

「僕が特別に見えるとしたら、それは全部ジャック様のおかげなのに、森のみんなだけ悪く言われるなんて、不公平でしょう」

「私がマウロを好きなのは、マウロがきちんと生きているからだよ。きっとほかのリスの獣人だったら、こんなに好きにはならなかった。もっと自分に自信を持ってもいいと思うけどね」

ジャックは飽きもせずにマウロの頭や耳に口づけた。

「でも、奥ゆかしいところもマウロの美点だ。そこも大好きだよ」

大好きだと言われた瞬間、ぽっとおなかの奥や口づけられた場所が熱を持って、マウロは視線を彷徨わせた。なんと応えればいいかわからない。

(大好きなんて言われたら……本当に愛されてる気がしちゃうのに)

彼が愛しているのは妹だ。忘れてはいけない、と自分を諫《いさ》めても、甘く胸がよじれた。

恋人だと公言してもいいくらい、ジャックはマウロを気に入ってくれているのだ。僕にも好きになってほしいんだよね、と思うと気恥ずかしさと喜びが入りまじって、落ち着きなく耳と尻尾が動いた。

――もし、本当に愛されていたらどうしよう。

妹の身代わりだとしても、本気で恋人にしたいと思っていてくれたなら。

ジャックはマウロの手を引いて船を降りていく。半歩後ろを歩きながら見上げれば、風に髪がふわりと浮いて、プラチナブロンドが光そのもののように輝いた。うなじから肩へのラインは男性的でありながら優美で、ジャック様は綺麗でないところがないなと思う。心は優しくて、寂しい人で、立派で、マウロを大事にしてくれる。

マウロにとっては恩人で、特別な人だ。おじいちゃんやカシスを好きなのと比べることはできないけれど、ジャックのことが好きだと思う。

これ以上の好きがあるとは思えないくらいに好きなのは……恋、だろうか。

マウロが恋をしていて、ジャックも好きでいてくれるなら、その先に待つのは——どんな関係だろう。

とくん、とくんと心臓が鳴る。鼓動はいつまでも鎮まらなくて、雲を踏むように足元がふわふわして感じられた。

（——幸せすぎて、死んじゃいそう）

ぼうっと歩いていたマウロは、「ここだよ」とジャックが足をとめてようやく、我に返ってまばたきした。店らしく、表に面して硝子の嵌め込まれた展示窓があり、天鵞絨《ビロード》張りの台の上にはブローチや首飾りが並んでいた。

「宝石店ですか？」

「ああ。服は買ったけど、装飾品のひとつもないのでは締まらないからね」

中では上品な女の人が迎えてくれ、ジャックを見ると厳かな手つきで箱を持ってくる。蓋を開けて見せられたのは首飾りだった。金でできていて、真ん中には宝石で美しい葉と果実が象《かたど》ってある。

「ダイヤモンドとエメラルド、ルビーを使ってございます。品のいい大きさですから、きっとお似合いになりますわ」

「そうだね、似合いそうだ。マウロ、後ろを向いて」

「はい？」

なにかあるのかと、マウロは背後を振り返った。その後ろにジャックが立って、マウロの頭上から手を回してくる。ひやりと冷たい金属が首筋に触れ、マウロはびくっとした。

「っ、ジャック様、これ……っ」

「マウロがつけたら可愛いと思って、葉っぱと果実の意匠を頼んだんだ。見せてごらん」

くるりとマウロの身体を回し、ジャックは大きく頷いた。

「とてもいいね。マウロの髪の色にも、瞳の色にも似合っている。このままつけて帰ろうか」

「だ、だめです！　宝石だなんて……服より何倍も高いんですよ？」

慌てて外そうとしたが、壊してしまいそうで触れない。かわりに、ぎゅっと上着を握った。

「外してください。いただけません」

「外してあげるけど、受け取って。相応しい場所に行くときにはあったほうがいいからね」

「相応しい場所なんてないです」

抱きしめるように手を回してジャックは首飾りを外し、困って固まっているマウロの顔を覗き込んだ。

「あるんだ。今はまだ内緒だけど、明日、きみを連れていくところがある。一緒に行ってくれると言ってくれただろう？」

「……言いましたけど、でも」

宝石が相応しいようなところは行けません、と言おうとした唇に、そっと指があてがわれる。

膝を曲げて視線の高さを揃え、ジャックは囁くように言った。

「私はきみが愛おしい。だから、今回だけは、マウロがいやだと言っても受け取ってもらうし、一緒に来てほしい。その上で、マウロがどうしてもいやならもう一度話しあうつもりではいるけどね」

「——宝石をいただく以外だったら、なんでもジャック様のお望みどおりにします」

本当の恋人同士になったとしても、宝石なんて無理だ。

「じゃあ、この首飾りは私のものにしよう。必要なときはマウロに貸す。それならいい？」

「……」

借りるのだって気が重い。どう考えても身の丈にあわない品なのだ。けれど、黙ったマウロにも辛抱強く、ジャックは微笑みかけた。

「ゆっくり待ってあげたいけど、時間には限りがある」

「……限り——」

急に、目の前が暗くなった。

(限りがあるって、どういう意味？)

普通に考えれば、終わりがある、ということだ。明けない夜がないように。キャラメルの味が必ず消えてしまうように——なにかが終わる、ということだ。

たぶん、今の生活が。

「あまり余裕がないんだ。私は結婚しなければならないから」

だめ押しのようにジャックがそう言って、マウロは両手で上着を握りしめた。

では、さっき「恋人」なんて言ったのは、冗談だったのだろう。好きとか愛しているという言葉は、なにも恋人にだけ使うものではない。大切な家族や友人にも、愛情は持つものだ。

(僕、なにを勘違いしていたんだろう)

獣人のくせに、浮かれたりして馬鹿みたいだ。

表情をなくしたマウロに、ジャックは続けた。

「無理強いはしたくないけど、きみを手放したくもない。わがままで強欲な私のことは嫌いかな?」

説得するような声音に、少し心配そうな顔つきだった。結婚したあとにもタフィーを焼いてほしいのだろうとわかって、マウロは首を横に振った。

「ジャック様のことは、嫌いになったりできません」

「私に愛されるのは嬉しい?」

たたみかけられ、金色の美しい瞳を見ていられなくて、マウロは俯いた。顔が熱い。胸が苦しい。使用人でもそばに置きたいと考えてもらえるなんて光栄で嬉しいはずが、悲しい。

「……う、嬉しい、です」

「よかった。私も嬉しいよ」

壊れものに触れるように額に口づけたジャックは、そのままマウロを抱きしめる。包んでくれ、と店の女性に伝えると、幾度もマウロの髪に指を通した。

「真っ赤になって、可愛いねマウロは。きみに出会えて、私は幸運だな……大好きだよ」

二度目の「大好き」は、前よりも重たく響いた。

(大好きだなんて――言わないでください、ジャック様)

その「好き」が望むような感情でないと思い知るたびに、胸が張り裂けそうになる。でも、それはジャックには言うべきことではなかった。

喜ばなくちゃ、とマウロは自分に言い聞かせた。短いあいだだけでも家族のように大事にされたのは光栄だし、この先も彼のそばにいられるならマウロも嬉しい。ジャックとマウロと、サミーとサラディーノと――四人での幸せな日々に、もう一人美しい奥様がくわわるだけのことなのだから。

喜ばなくちゃ、と繰り返して、マウロはきつく唇を噛んだ。

――結婚するなら、「恋人になってほしい」なんて言わないでほしかった。それが彼にとって必要な行為だったとしても、期待なんかさせないで、必要以上に愛情をかけないでくれるほうがよかった。

あまりに優しくされたから、今にもわがままを言ってしまいそうだ。

限りがあるなんて言わないで。ほかの人を愛したりしないで。ずっとずっと、四人で家族みたいに、静かな幸せを噛みしめて暮らしたい。膝の上に乗せてもらうのも夜抱きしめられて眠るのも、ほかの人には譲りたくない。

それはぞっとするほど醜い感情だった。

いつからこんな欲張りになったのだろう。勝手で、わがままで、身の程知らずだ。

肩を抱かれて店を出ながら、マウロは自分に吐き気を覚え、いつまでも顔が上げられなかった。


翌日、ジャックの家の前に横づけされた馬車は、いつもよりも立派なものだった。

黒毛の艶やかな馬の二頭だてで、黒く塗られた車体は大きい。御者もぱりっとした黒服を着ていて、紺色のシャツに生成のズボンとベストを身につけたマウロは、お菓子をたくさんつめたバスケットを手に、戸惑ってジャックを見上げた。

「ジャック様……今日はどこに行くんですか？」

「着けばわかるよ」

ジャックは耳に口づけて、マウロの手を取って馬車に乗るのを手伝ってくれる。マウロは膝にお菓子のバスケットを乗せ、重たい感じのする首筋をそっと押さえた。

昨日ジャックが買った首飾りが、胸元で煌めいている。これが相応しい場所に連れていくとジャックは言っていた。思いつくのは彼が本来いるべきお屋敷くらいしかなかった。

（ジャック様のお父様やお母様と会うのかな……。結婚の準備のために、この子で練習してますって伝えるとか）

貴族様にお会いするなら身なりを整えるのも礼儀だろうけれど、分不相応に飾り立てていては不愉快に思われそうだ。

強張ったマウロをよそにジャックは機嫌がよく、馬車はすぐに走り出した。マウロは見るともなしに窓の外に目を向けた。建物の並ぶ街の中の通りに入り、大通りを選んで進んでいく。中心部の広場の手前で曲がり、マウロが服を買ってもらった店のあるあたりを通り抜け、なおも馬車は走る。街の北側に建つ城に向かう方角で、貴族の屋敷も城の近くなのだろうと思っていたマウロは、馬が減速したのに気づいて前方を覗き、息を呑んだ。

飾りのついた制服の衛兵が、巨大な門を開けている。馬車は再び速度を上げてひらいた門の奥へと吸い込まれ、目には美しい緑の庭が飛び込んできた。

「――ジャック様！　ここ、」

目がおかしくなったのでなければ、そびえたっているのはお城だ。動揺して振り返ると、ジャックは「そうだね」と微笑んだ。

「見てのとおり、ヴァルヌス国の王の城だ」

「……あっ、もしかして、今日はお城でのお仕事なんですね？」

仕事中もマウロのお菓子が食べたいから、つきそってほしいということかもしれない。昨日、「明日持っていきたい」と頼まれて、いつもより多くタフィーとキャラメルクッキーを焼いたのだ。

「お仕事仲間の皆さんにも、僕のお菓子が気に入ってもらえるといいんですけど」

「今日会うのは仕事仲間ではないよ」

面白そうにジャックは笑い声をたてた。

「会うのは私の両親だけだ。もちろん、マウロのお菓子は気に入ってもらえると思うけどね」

「えっと……ご両親も、お城で仕事を？」

一緒に働いているのだろうか、と首をかしげると、馬車がとまった。外から扉が開けられて、マウロは目を丸くした。

「サラディーノ！　あなたも今日はお城でのお仕事ですか？」

「おれの仕事は本来、城でやるんです」

しかめっつらをして、サラディーノはそれでも丁寧な身振りで降りるように促した。先に降りたジャックに向けて、うやうやしくお辞儀する。

「おかえりなさいませ、ジルド様」

ジャックに続けて地面に足をつけたマウロは、なにもないのにつまずきそうになり、何度もまばたきしてジャックとサラディーノを見た。

今、サラディーノは違う名前でジャックを呼ばなかっただろうか。

ぽかんとしているマウロに、サラディーノはため息をついた。

「ジャックというのは街の中で過ごすための偽名なんです。本当のお名前は、ジャン・ジルド・ヴァルヌス。我が国の王太子殿下であらせられる」

どこか誇らしげな声で言われても、咄嗟には理解できなかった。つっ立っているマウロの背中に、ジャックが手を添える。

「堅苦しく考えることはないよ。名前がどうあれ、私は私だ」

促されるまま歩き出しつつ、ぼんやりとジャックを見上げ、白大理石でできた大きなアーチを見上げ、磨き上げられた床面のモザイク模様を見つめて、そこでかくんと膝が折れた。

「マウロ？　大丈夫？」

眉をひそめたジャック——ジルドが、崩れ落ちかけたマウロを支えてくれた。案じて覗き込んでくる見慣れた美貌を見返して、マウロは声を押し出した。

「い……行けません」

彼は親切で裕福な慈善家の貴族ではない。この国のたったひとりの世継ぎで、彼が会わせたいと言ったのは王と王妃なのだ。

「ごめんなさい……僕、なにも知らなくて、たくさん失礼なことを」

「マウロ、そんな顔をしないでくれ」

青ざめて後退ろうとしたマウロを、ジルドは抱き上げた。

「黙っていたのは私だよ。きみが逃げてしまうと困るから、今日まで伏せておいたんだ。マウロはなにも失礼なことなんてしていない」

「――下ろしてください」

ジルドの顔を見られなくて、マウロはきつく目をつぶった。ジルドは靴音を響かせて廊下を歩きながら、「下ろさないよ」と言った。

「怯えなくても、一緒にお茶をするだけだ。王だろうと王子だろうと人間にはかわりないよ」

そう言われても、緊張やいたたまれなさが消えるわけがない。ジャックの、いやジルドの両親ならいい人に違いないけれど、マウロはお城に相応しいマナーだって知らない。

小さく身を縮めたマウロの耳に、「それに」と優しい声が響く。

「きみをお茶に誘いたいと言い出したのは両親のほうなんだよ。楽しみにしているのに会わずに帰ってしまったら、二人ともがっかりする」

「そんな……」

「せっかくこうしてお菓子も持ってきたんだから、直接渡してくれ。お願いだ」

機嫌を取るように甘い声音で頼まれて、マウロはおずおずと目を開け、ジルドを見つめた。

いつもの、神秘的なくらい整った顔と金色の瞳。唇は淡い笑みを浮かべていて、抱いたマウロをあやすみたいに揺する。

「私も一緒なんだから、安心して。ただの貴族のジャックの親に呼ばれて、お礼にお茶を一緒にするだけだ」

「ほ……本当に、国王様と王妃様が、僕に会いたいって、言ってくださったんですか？」

「うん。私の一番大切な人だと言ったから」

微笑むジルドに、マウロはまばたきして尻尾を揺らした。

(一番大切な人……か)

もしかしたらジルドは、マウロが妹のリデアに似ていると言ったのかもしれなかった。それなら、国王たちが会いたがるのは無理もない。

(僕は、妹さんの身代わりだもんね)

先方から誘われたのに逃げるのも失礼だ。それに、ジルドの望みを断るわけにもいかなかった。気遅れはするが仕方ないと諦めて、そっとジルドの肩を押した。

「わかりました。上手にはお話しできないと思いますけど、お会いします。——ちゃんと自分で歩きます」

「もう着いたから、歩かなくてもいいよ」

くすりとジルドが笑ったとき、彼を呼ぶ女性の声がした。

「まあ、ジルドったら、大切なお客様になんてことを——！」

「放っておいたら帰ってしまいそうだったので、致し方なくです。私だって乱暴にしたいわけではないんですが」

穏やかに応じながら、ジルドがようやく下ろしてくれる。マウロは強くバスケットを握った。近づいてきたのは淡い緑色のドレスを着た女性で、ふんわりと優しげな雰囲気だ。後ろには姿勢よく立った年配の男性がいて、ひげをたくわえた威厳のある風貌に、国王だとわかって目眩がした。

挨拶しなければ、と思うのに、言葉が出てこない。どうしよう、と焦っているうちに、女性が目の前まで来て、マウロの手を取った。

「よく来てくれましたね。ジルドから話は聞いていますよ」

「ジャ……ジルド様が、僕の話を？」

「お菓子を作るのが上手で、なんでも自分でできてしまう、働き者だと聞きました。今日はお土産を持ってきてくれたのですよね」

目尻に皺《しわ》を寄せて微笑む表情は、嬉しげなときのジルドに似ているように思えて、マウロは少しだけ強張りが解けるのを感じた。

「タフィーとキャラメルクッキーを持ってきました。ジルド様が一番お好きなので」

「どうもありがとう。さあ、座って。お茶にしましょう」

バスケットを受け取った王妃は笑顔で誘ってくれ、ジルドが背中に手を回してくる。見回せば広々とした空間が広がっていて、マウロは感嘆のため息を漏らした。

美しい建物だった。ゆるくドーム状になった天井に絵が描かれている。アーチでつながった柱は装飾がほどこされ、窓は大きい。たっぷりと差し込む日差しに、つり下げられたいくつものガラス燭台が反射して煌めいていた。緋色の絨毯を敷いた中央部には、長い大理石のテーブルが置かれている。

巨大な絵を飾った奥の壁を背にして、国王が椅子に座る。彼から少し離れて、テーブルの長辺側にカトラリーが三人分用意されていて、マウロはジルドの隣に座った。

いつのまにか現れた召使いたちが、マウロの持ってきたお菓子を皿に並べ、香りのいいお茶を淹れる。ぎこちなくお礼を言うと変な顔をされたが、ジルドは頭を撫でてくれた。

「マウロ、お菓子の説明をして？」

向かいの王妃と、上座の王はじっとこちらを見ている。緊張にこくんと喉を鳴らすと、ジルドはマウロの手を握ってくれた。大丈夫、と言うように見つめて頷かれ、せっかく会いたがっていただいたんだから、と思うことにした。

大好きなお菓子だから、誰が相手でも、食べてもらえれば嬉しい。

「四角いほうが胡桃を使ったタフィーです。僕の故郷ではよく食べられている、キャラメル味のお菓子なんです。砂糖だけでなくメープルシュガーも使うので、香りとこくが普通のキャラメルとは違いますが、気に入ってもらえたら嬉しいです。クッキーはサミーが教えてくれたジヤムクッキーのレシピで、ジャムのかわりにキャラメルを載せて焼いてあります。こっちのナッツはアーモンドです」

並べられた菓子を指さして説明すると、王妃がにこにこと頷いた。

「どっちもおいしそうね。いただくわ」

白くたおやかな手でタフィーを取った彼女は、上品に一口食べると、また優しく微笑んだ。

「とってもおいしいわ。ジルドが大好きなのもわかります」

そう言ってずっと黙っている王のほうを向き、あなた、と声をかける。

「召し上がってみたら？　お茶にとてもよくあうお菓子ですよ。このあいだ献上された珈琲《コーヒー》にもぴったりではないかしら」

「うむ」

王はあまり乗り気ではないようだった。それでもクッキーを口に入れ、マウロを見て「おいしいよ」と言ってくれる。かろうじて笑みを浮かべたものの、ジルドを見るときには困惑したような、納得しかねるような表情になった。

「おまえが彼をとても気に入っていることはよくわかったよ。彼も——マウロといったかな、その子も気立てがよさそうだ。だが、パーティを婚約者のお披露目にするというのは……」

言いづらそうに口ごもる国王に、マウロはどきりとしてジルドの横顔を見つめた。

パーティというのはカシスも参加したがっていた催しだとは思うけれど——婚約？

（ジルド様、もう結婚したいお相手を見つけたの？）

いずれ結婚しなければいけないとは言っていたけれど、まさかもう相手がいるとは。外出のときは仕事だけでなく、女の人と過ごしていたのかもしれない。

（……そっか。だから昨日、あんなことを言ったんだ）

首飾りも、両親に会わせるのも、用済みになったマウロへの褒美のつもりなのだろう。マウロとしては、一緒に畑仕事をしたり、家でお茶をするほうが何倍も幸せだけれど。

俯くと、つないだままの手をジルドが握り直した。

「どう言われても、私の心は変わりません。マウロ以外と結婚する気はないんですから、どこかでは彼をお披露目しなくてはならないでしょう。だったら早いほうがいい」

「……え？」

思わず声が出た。振り仰ぐと、ジルドはいつになく真面目な顔でマウロを見つめた。

「昨日も言ったけれど、改めて言うよ。私はきみが好きなんだ。恋をしていると言ってもいい」

意味を取り違えようのない、簡潔な言い方だった。それでも信じられなくて、マウロは膨らんだ尻尾を左右に揺らした。

「でも……ジャック様、いえ、ジルド様は、昨日、結婚しなきゃいけないって」

「王子だから、本来ならとうに結婚していなくてはならない年なんだ。だから今日、こうしてきみを連れてきた」

「……誰のことも愛せないって」

「そうだ。だから、マウロが初めて、愛した人だよ」

こめかみから頬まで、ジルドの指が触れていく。

「マウロも言ってくれたね。私のそばにいてくれると。愛されるのが嬉しいと。だったら、私と結婚してほしい」

「……ジルド様」

喘ぐようなため息がこぼれて、マウロはジルドを見つめ返した。

(本当に？　身代わりじゃなくて——僕を、愛してくださってるの？)

金の瞳は強い意志をたたえて煌めいていて、嘘をついているとはとても思えなかった。けれど、現実味がなさすぎて夢のようだ。

——結婚できたら、いつか終わりが来ると怯えなくてもいい。一生、彼のそばにいられるのだ。それもただの使用人としてでなく、彼の一番大切な存在として。

(ジルド様が、ほかの人と愛しあうのを見なくてもいいんだ)

愛してもらえる、と涙ぐみそうになったとき、大きなため息が響いた。

「だが、獣人だろう」

重々しく言ったのは王だった。

「おまえがその気になってくれただけでも幸いなことだ、ジルド。父親としては心から祝福してやりたい。だが、彼を妃に迎えることが、貴族や国民からの納得が得られるかどうか……」

ちくりと胸が痛んで、マウロは悩ましげな表情の王を見やった。

街の人や船乗りに揶揄されるのは、もう気にならない。王の言葉だって、ただマウロに向けられたなら、当然だと諦められる。けれど、もしマウロが王子と結婚するとなれば、ただ蔑まれるだけではすまないことは、マウロにもよくわかった。今さら、サラディーノが何度も「立場を考えろ」と言っていた理由がわかって、耳が萎れる。

ジルドは明らかにむっとした様子で、王妃が慌ててとりなすように両手をあわせた。

「こうしたらどうかしら。パーティはもう一人結婚相手を選ぶ場にするの。もちろん、マウロとの婚約も発表するけれど、いずれ国王になるのだもの、妻は二人いるのが普通だわ。どちらが第一夫人になるかはあとから決めてもいいでしょう？」

「マウロ以外とは結婚しないと言ったはずです」

ジルドは聞いたことのない、冷ややかな声音だった。

「ほかの人間が身分狙いで媚《こび》を売ってくるのなんて、考えただけでもうんざりだ」

「ジルド、そんなふうに言わないで。わたくしはあなたがマウロを選ぶのはとてもいいことだと思っているのよ。これからは獣人との垣根ももっとなくしていくべきだから、王子の伴侶が獣人というのも素晴らしいわ。ねえ、あなたもそうお考えでしょう？」

「……まあ、先進的という意味では悪くないかもしれないが。おまえはなにごとも理性で判断するからね、よりよい国づくりのために、敢えて獣人を伴侶にするというのは、わからなくもない」

国王は思案げに顎を撫でる。ジルドは苛立たしげに父親を眺めて、強くマウロの手を握りしめた。

「国のためを思ってマウロを選んだんじゃありません。ただ好きだから、マウロとともに生きていきたいんです」

さきほどの冷たい声音とはまた違う、きっぱりした口調も初めて聞くものだ。

「わかりますか？　今までの私とは順番が逆なんだ。利益や目的のためになにかをするのではなくて、マウロが愛しいから、一緒にいるためになすべきことがあればする。障害があれば解決します。それがたとえどんなに難しくても、苦労を凌駕《りょうが》するくらい、マウロは私に幸福をくれるんです」

真摯で譲る気配のないジルドの言葉に、王と王妃は顔を見あわせた。王はため息まじりに首を横に振る。

「おまえがそこまで言うからには、マウロは素晴らしい子なんだろう。私にはまだわからないがね」

「いずれわかります」

ジルドはわずかに笑みを見せ、マウロのほうを振り返った。金色の目がとろけるように細められる。

「マウロは、私になにも望まないんです」

(——え?)

マウロはぎくりとして目を見ひらき、彼を見返した。ジルドはうっとりとマウロを見つめている。溢れんばかりの好意が感じられる眼差しだった。

「出会ったときから一度も、媚《こ》びることもへつらうことも、ねだることも、頼むことさえしない。誰だって、必ずなにかを私に期待する。金や縁や施し、栄誉、快楽、優越感、よき王であること。でもマウロだけは、望まないどころか、私に与えようとしてくれるんです」

マウロは小さく震えた。

子供のころ、高い梢から落ちたことがある。あのときの、なす術《すべ》がないまま落ちるしかない無力感がふいに脳裏に蘇る。叩きつけられる地面はないかわり、深い闇の底へと沈んでいくようだ。

謙虚で無欲で慎ましやかなのを美徳だと考え、惹かれるのは、一般的におかしいことではないだろう。説明されれば納得がいく。だが、彼が好きになってくれたのは、マウロのうわべなのだ。いわば偽物の、どこにもいないマウロだ。

妹の身代わりよりも、もっと虚《むな》しい。

（……そっか。僕は無欲だと思われたから、愛していただけたんだ）

冷たくなった身体の奥から、いくつもの感情が湧き上がってくる。喜びと戸惑いと後ろめたさとが入りまじり、徐々に胸が重たくなった。

なにも望まないだなんて買い被《かぶ》りだ。さもしいほど、欲しているものがあるのだから。

（さっきだって、結婚したら一生離れなくていいって……心配しないですむって、思ったんだ。ジルド様がほかの人と愛しあうところを見なくてすむって）

本当のマウロは、この上なく大切にされていても、勝手に寂しくなるような欲張りだ。醜いくらいジルドにしてほしいことばかりで——わがままだ。

（……どうしよう）

呆然とするマウロの手を握ったまま、もう一方の手で顔を包んで、ジルドは言った。

「マウロのおかげで初めて知りました。私も誰かを愛おしく思えるのだと。マウロのことは毎日抱きしめたいし、できることなら片時も離れたくない。彼のためなら、どんなことでもしてやりたい」

「……ジルド様」

マウロは喘ぐように口をひらいた。ごめんなさい、と言いたかったけれど、それより早く、すすり泣く声が響き渡った。王妃が顔を覆っている。

「ジルドが……ジルドが、こんなに変わるだなんて。リデアのことさえ鬱陶しがっていたのに……マウロにはなんとお礼を言えばいいかわかりませんわ、あなた」

「そうだな。愛するということは、なににも勝る大切なことだ」

王まで感動したのか、顔を赤くしていた。潤んだ目でマウロたちを見やり、「認めよう」と重々しく告げる。

「パーティは婚約のお披露目だけにしてかまわない。妃がひとりでいいと言うなら、それでもいいとも。なにより、おまえが幸せそうなのが嬉しいよ、ジルド」

「ありがとうございます、父上、母上」

ジルドは淡白に礼を言い、マウロには穏やかな表情を向けた。

「マウロもありがとう。末永く、私を支えてくれ」

咄嗟には返事ができなかった。すると、ジルドは真剣な顔になる。

「それとも私を愛せない？　無理ならそう言ってくれれば、きみを自由にしてあげられる」

「……いいえ」

感激しきっている国王たちの前で、「愛せません」とは言えなかった。愛しているか否かで言えば――ジルドは大切な人だ。なのに、

「おそばに、いさせてください」

そう口にしながら、嘘をついているように苦しかった。

(言えない。僕には愛していただく資格がないなんて……ジルド様をがっかりさせて、嫌われ

たくない）

嫌われてしまうのだけはいやだった。

お菓子作りや畑仕事を教えるのや、ベッドで彼に抱かれることができるなら、ジルドの望むとおりのマウロになって結婚することも、できていいはずだ。

なにも望まず、献身的に彼のために尽くす。

（これまで、ジルド様にはとってもよくしていただいたんだもの。一生かかったって恩返しできないくらいだって思ってたんだから）

大切にされても満足できず、もっと愛されたいと願うような強欲さは、誰にも気づかれてはならない。ジルドだけでなく国王たちまで落胆させたら――マウロはまた、居場所を失ってしまう。

（なんでもするから――僕は、ジルド様のそばにいたい）

お茶が終わると、マウロはそのまま、城にとどまることになった。王子の妃になるためには貴族の娘でも城内で教育を受けるのが決まりなのだそうだ。

「特にあなたの場合、上流階級の常識もなにひとつ知らないでしょう。お披露目になるパーティまでに、せめて立ち居振る舞いや話し方くらいは、お妃に相応しい作法を身につけていただかなくてはなりません。特訓になりますから、そのつもりで」

与えられた可愛らしい部屋で、サラディーノがそう言って、マウロを眺めて眉をひそめた。

「まず、座るときは小さく身体を縮めないことですね。みっともないです」

「すみません……気をつけます」

慌てて背筋を伸ばしたが、サラディーノはまだ気に入らないようだった。

「緊張するのはわかりますが、そんなに落ち込んだ顔をすることはないでしょう。少しは喜んだらどうです？　王太子妃に選ばれるなんて、誰もが羨む立場なんですよ」

「わかってます。……ごめんなさい」

「いちいち謝るのもよくないです。もっと堂々と、毅然としてください」

「ご、ごめんなさ……あっ」

身体を縮めて謝りかけ、注意されたばかりだと気づいて肩が窄まる。俯いてしまったマウロに、サラディーノはため息をついた。

「そう怯えないでください。ジルド様が心配してしまいますよ。あなたが緊張するのを見越して、わざわざおれが側仕《そばづか》えをするようにってご命令なんですから」

「――サラディーノが、僕にいろいろ教えてくれるんですか？」

「いえ、教えるのはそれぞれ専門の先生がつきます。でも、なにか困ったことや頼みごとがあればおれに言ってください。基本的にはずっと近くにいますから」

相変わらずのそっけない口ぶりだが、彼が律儀で面倒見がいい性格なのはもう知っている。顔馴染みのサラディーノがいてくれるだけでも心強くて、マウロはほっと息をついた。

「嬉しいです。ありがとうございます」

「礼はけっこうです。おれはジルド様の命令に従っているだけですからね。本来ならジルド様のほうがマウロの何倍も忙しいんですから、おれがおそばにいるべきなのに——マウロを助けてやってくれって言って譲らないんですよ。あの頑固者」

親しみのこもった口調でぼやいたサラディーノは、こほんと咳払いして姿勢を正した。

「とにかく、あなたはそれだけジルド様に大事にされているんだと、自信と自負を持っていただきたい」

「……が、頑張ります」

「パーティまではあと三週間ほどです。先生方には厳しく教育していただきますから、そのつもりで」

「はい。それも頑張ります」

自信を持つのは難しそうだが、努力してできることならなんでもするつもりだった。

大きく頷いたマウロに、サラディーノは「ではさっそく」と言って女性を招き入れ、昼食から作法の授業がはじまった。

初日は寝る間際まですべてが勉強で、翌日からも毎日、ひたすら学ぶだけで、あっというまに時間がすぎた。貴族の名前や家柄の上下、城とのかかわりなどの人間関係についてや、王家の歴史、会話の作法、王太子妃になれば待ち受けている城内での日常について、やるべきこと、手紙の書き方や贈り物の選び方まで、覚えなければいけないことは多岐にわたるからだ。

短期間につめこまなければならないので、どの授業も先生は厳しかったし、マウロが文字さえ読めないことに呆れはしたが、不思議と、誰もマウロを貶《おとし》めるようなことは言わなかった。

それが却って、自分の立場の重さを知らしめるように、マウロには思えた。

長い一日を終えて寝台に腰かけ、深いため息をついて天蓋を見つめる。胸元を探ってつけっぱなしの首飾りを握り、頑張らなきゃ、と己に言い聞かせた。

(もうすぐジルド様がいらっしゃるから、元気にしないと)

特訓がはじまって、今日でもう二週間だ。

日々の重責が身体に残って消えないのは、夜うまく眠れないせいもあった。天蓋つきでやわらかいベッドはぐっすり眠れる環境のはずが、夜中に何度も目が覚めてしまうのだ。目が覚めると広いベッドにひとりきりなのを実感して、涙がこぼれそうになる。

なぜかとても寂しいのだ——とは、サラディーノに言えないのはもちろん、多忙にもかかわらず毎夜訪ねてきてくれるジルドに、悟られるわけにはいかなかった。

二度目のため息を呑み込んで首飾りを握りしめると、ちょうどドアが開いた。マウロはぱっと笑みを浮かべて駆け寄った。

「こんばんは、ジルド様」

「ベッドで待っていてもよかったのに」

腰を抱き寄せ、ジルドは額にキスしてくれる。冷えるよ、と促されて再びベッドに戻り、布団の中にもぐった。枕の位置を直したり首元まで布団をかけたりと世話を焼いたジルドは、枕元に座って髪を撫でてくる。

「夕方、歴史の先生に会ったよ。マウロのことを真面目だと褒めていた。頑張ってくれてありがとう」

「お礼なんてとんでもないです」

ジルドの手の下でかぶりを振って、マウロはちくちくと胸を刺す痛みに、曖昧に微笑んだ。

「先生も、きっと真面目だと言う以外には褒めようがないですよね。頑張って覚えているつもりですけど——なかなか字が読めるようにならなくて。パーティまで一週間しかないのに」

「焦ることはないよ。先生が褒めていたのは本当だ。マウロが一生懸命なことはみんなわかっているから、安心して」

何度も撫でてくれるジルドの手はあたたかい。

「勉強以外はどう？　少しは城での生活にも慣れた？」

「……はい。サラディーノもいてくれますし」

本当は、まだ全然慣れない。勉強が厳しいのは努力すればすむが、常に身の回りの世話をする侍従や召使い、護衛の人たちがついてまわるのは、どうしても気疲れがした。なにかというとおどおどしてしまうマウロに、召使いたちも呆れているようだった。

「困ったことや不安なことがあればなんでもサラディーノに言えばいい。私がマウロのそばにいられるのは夜のひとときだけだが、サラディーノからは報告を受けているから」

ひそやかに低い声を出したジルドは、我慢できなくなったようにもう一度額にキスをした。

「できることなら朝まで、同じベッドで過ごしたいんだけどね。婚姻前のしきたりとして、夫婦同室はまかりならんと言われてしまった。マウロのことはもう抱いたから関係ないと反論したら、なぜか母には喜ばれたけど、それでも決まりは決まりだって——寂しいよ」

王族なんて面倒だ、と呟く表情は拗《す》ねているように見え、じわっと目頭が熱くなった。マウロも、彼が朝まで隣にいてくれたら嬉しい。街外れの家でしていたように抱きしめられていれば、夢も見ずに眠れるだろう。

僕も寂しいです、と言うかわりに、マウロは言った。

「僕は大丈夫です。決まりなら仕方ありませんよ」

「マウロはちっとも甘えてくれないね。頑張りすぎて疲れた顔をしているのに——ちゃんと眠れてる？」

「はい、もちろんです。ベッド、すっごくふかふかですから」

「マウロはふかふかが好きだものね」

ふっと表情をなごませて、ジルドは両方の耳に一度ずつ口づけた。

「ずっと話していたいが、もうおやすみ。しっかり寝るんだよ」

「はい。――ジルド様も、ご無理なさらないでくださいね。すごく忙しいって、サラディーノが言ってました。だから……」

疲れているなら、この夜の時間も取ってくれなくていい、と言うつもりだったが、声が震えて、マウロはごまかすために微笑んだ。言えない。本音では昼間も、五分でいいから会いたいのだ。夜のわずかな逢瀬《おうせ》がなくなったら、きっと一睡もできなくなるだろう。

枕から頭を上げて、マウロはジルドの頬に自分の頬をくっつけた。

「どうぞ、いい夢を見てくださいね。疲れが少しでもやわらぐように」

「ありがとう、マウロ」

嬉しそうな声は、誰が聞いても陶然とするような甘い響きを帯びていた。愛しているよと囁いたジルドは、そっとまぶたの上に手のひらを乗せてくる。

「さあ、眠って」

「――はい」

行かないで、と喉まで声が出かかった。それをぐっと呑み込み、目を閉じる。意識して眠ったときのような深く間遠な息遣いを心がけると、そばで見守っていたジルドが立ち上がる気配がした。

最後にもう一度髪を撫でてくれた彼が静かに部屋の外に出ていくのを待って、マウロは寝返りを打った。まぶたの上にはまだジルドのぬくもりが残っている。これだけでも今日は眠れそうだ、と心の中で言い聞かせ、手足を縮めて丸くなった。

(言っちゃだめだ。寂しいとか……もっと撫でてほしいとか、わがままなことは言っちゃだめ)

ジルドの気に入っているマウロでいなくてはならない。

それに、国王たちやほかの人たちにも認めてもらえるよう、もっと努力しなくては。あまりに物覚えが悪かったら、ジルドだって愛想をつかしてしまうかもしれない。

ジルド様のためにも頑張らなくちゃ、と唱えながらきつく目をつぶったが、その夜も結局、よく眠れなかった。

翌日は秋の終わりを思わせるような曇天の寒い日で、召使いたちが暖炉に火をいれてくれた。

寒くありませんか、と問われて、できるだけ感じよく見えるように微笑む。

「大丈夫です。寒いのには慣れてますから……暖炉があるなんて、さすがお城ですね」

「――一応、毛布もお持ちしておきますね」

中年の女性はなんだか奇妙な顔をして、一礼をして出ていく。ドアが閉まりしな、廊下から声が聞こえた。

「寒いのは慣れてる、ですって。やっぱりリス族だから、北のほうの出身なのよ」

「まさか、ジルド様のお好みがあんな小さな獣人だなんてねえ」

ややや興奮気味の別の女性の声も聞こえてきてようやくドアが閉ざされ、彼女たちがおしゃべりしながら去っていく。小さな耳を立てれば「尻尾かしら」「ふさふさだものね」と言うのも聞こえて、マウロは床を見つめた。

獣人が王子に気に入られ結婚する、というのは、マウロが思っていた以上に、人の興味を引くらしかった。馬鹿にされるだけでなく、とにかく噂されるのだ。マウロがなにをしても、言っても、召使いはそれを仲間に言いふらす。貴族ではないどころか獣人のマウロになら、噂しているのを聞かれてもいいと思っているのか、声を小さくすることもなかった。

マウロの前では丁寧な態度を崩さない教師たちだって、裏ではなにか言っているかもしれない。せめて悪評が立たないようにしなければと、背筋を伸ばして椅子に座り直すと、サラディーノが現れた。

「おはようございます。支度はすんでいますか？」

「はい、もちろん。今日は午前中はダンスの練習ですよね」

「そうです。ではホールに向かいましょう」

サラディーノはあまり機嫌がよくないようだった。しかめっつらのまま先に立って部屋を出るのを、マウロは小走りに追いかけた。途端、ぴしゃりと叱られる。

「落ち着きのない動き方をしないようにと教わったはずです。城の廊下で走るなんて、みっともないですよ」

「……すみません」

謝って身を縮めかけ、これもよくないのだと思い出して背筋を伸ばす。顎を引いてちらりとサラディーノをうかがうと、彼はふん、と鼻を鳴らした。

「表情もです、マウロ。もっと余裕を持って、悲しそうにしないこと。毎晩ジルド様が眠るまでそばにいてくださるんでしょう？」

「――はい」

「では、自分がいかに恵まれた幸せな存在なのかも実感できるはずです。できればにこやかにしていてください。そのへんの連中に見られて噂でもされたら、ジルド様の耳にも入りかねませんよ」

「はい」

頷いて、マウロは努力して笑みを浮かべた。

「これからはもっと気をつけますね、サラディーノ」

「……まあ、いいでしょう」

しぶしぶといった感じでサラディーノは歩き出した。

階段を降り、中庭を囲む回廊へと進んでいくと、城内で働く役人や貴族たちともすれ違う。

彼らの視線が自分を眺め回すのを感じて、マウロは居心地の悪さに尻尾を揺らした。

城で暮らすようになってからは、シャツにベスト、ズボンという格好で、尻尾は常に出しっぱなしだ。隠しておくわけにはいかないのはわかるが、街にいるよりも露骨に見られるので、どうしても落ち着かない。庭にたむろしていた数人は、無遠慮に指をさすと「ほらあれだ」と声高に言った。

「ジルド王子が婚約する獣人だ」

「聞いた話じゃ、字も読めないそうですな。ウェルデン国から流れてきた貧乏人だとか」

「ジルド王子は子供のころから変わったお人でしたからね」

悪意のある口ぶりに思わず視線を向けると、扇子で半ば顔を隠した若い男性が、小馬鹿にするように目を細めた。

「可愛らしいリデア様を突き飛ばすようなお方では、きっと人間がお嫌いなのでしょうからな。獣人を愛《め》でても驚くには値すまい」

ひどい、と足をとめかけたマウロに、サラディーノが短く言った。

「立ちどまらないで。授業に遅れます」

「…………はい」

噂は無視しておけとジルドも言っていたことを思い出し、マウロは前を向いた。それでも、彼らの横を通りすぎるあいだ、忍び笑う声が響いてくる。

「タスカ殿の妹でしたかな、寝室で門前払いをくらったのは」

「――無礼な。妹のところに夜這いにきた王子を、兄の私が追い返したのですよ。街の娼婦みたいに遊ばれてはたまりませんからね」

若い男性が憤然と言い返すのまで聞いたところで、サラディーノは回廊から建物の奥へと進む廊下に曲がった。突き当たりが小さな催しに使われるという広間で、ダンスを教える教師の姿はまだなかった。サラディーノは壁際の椅子にマウロを座らせてくれた。

「これはおれの独断と偏見でお話しするので、ジルド様には内緒ですけど。城内で貴族が聞こえるように言うジルド様の噂は、基本的に嘘だと思って無視してください。特にさっき扇子を持っていたタスカ家の息子の言うことは、なるべく聞かないほうがいいです」

「タスカ家はたしか、二十四の大貴族のうちの一家ですよね？」

必ず覚えるようにと言われたリストの中に名前があった。思い出して言うと、サラディーノは苦々しそうに頷いた。

「古い名家です。息子は一時期ジルド様のご学友だったので、リデア様とも面識がありました」

「――あの人、ジルド様がリデア様を突き飛ばしたって」

ジルドはそんなことをするはずがない。

「なんであんな悪口を言うんでしょう」

「逆恨みですよ。タスカ家は商いに失敗してここ二十年で傾いていますから、娘をジルド様の妻にしたいと思っていたんです。ジルド様は街では女性とのおつきあいも多いですし、いっときは貴族の御令嬢ともご一緒に出かけたりしておいででした。年頃の娘を持つ貴族たちは、もしかしたら自分の子供が将来の王妃になれるかもしれないと夢を見て、あの手この手でジルド様の目にとまろうと娘をけしかけたんですよ」

サラディーノは嘆かわしそうなため息をついた。

「ちなみに、ジルド様は貴族のお嬢さんとは一度もベッドを共にしたことはありません。万が一にでも間違いがあれば、面倒なことになりますからね。でも、けしかける側は既成事実がほしい。それがエスカレートして、タスカ家の娘はジルド様の寝室に入り込んだんです。ジルド様が優しく諭して家に帰したんですけど、兄と父親は怒り狂って、でも表立っては言えないからああやってぐちぐちと、事実をねじ曲げて噂にしているわけです。おれとしては、嘘をつくやつなんか牢《ろう》にぶちこんでしまえばいいと思うんですけどね」

「……ジルド様は、気にするなって言う？」

「ええ」

マウロのことを、サラディーノは改めて、というようにしみじみと眺め回した。

「ジルド様は子供のころは、ずいぶん評判が悪かったんです。賢すぎて教師を泣かせることもあったし、天使のように可憐でみんなに愛されていたリデア様にも冷たかったですから。突き飛ばしたというのは嘘ですが、彼女を無視して、追いかけたリデア様が転んでしまったことはあります」

マウロは初めてジルドが妹のことを話してくれたときのことを思い出した。穏やかでにこやかなのに、からっぽに見えたあの表情だ。

「転んでも、どうせ手当てするのは侍女だからと助けにもいかず、ずいぶん顰蹙をかいました。王妃様が自分とお茶をするようにと招いても、必要性がわからないと言って無視していました。し。おれも言われたことがあります。いちいちついてこられると鬱陶しいから離れていてくれと。用があれば呼ぶと言われて、クビを宣告されたのだと思って泣きましたからね」

「サラディーノが……」

男らしくがっしりとした身体を持つ彼が泣くところは想像がつかなかった。サラディーノは一瞬だけ懐かしそうな笑みを浮かべた。

「でもジルド様は、よりよい方法や妥協すべき点が納得できれば受け入れてくださるんです。リデア様が亡くなってから結局、話しあった結果おれはお仕えし続けられることになりました。最近では優秀だと一目おいている貴族や外国の方も多いんですよ。——だからこそ、おれとしてはお妃は獣人じゃないほうがよかった気がしますけどね」

マウロは思わず背中を丸めた。サラディーノに言われると、ほかの人に言われるよりもつらい。けれど、すみません、と呟くより早く、彼のほうが「でも」と言った。

「ジルド様があなたを選ぶのはわかる気もします。マウロといるときのジルド様は幸せそうだから」

「……ほ、本当ですか？」

振り仰ぐと、サラディーノは仕方なさそうに頷いた。

「子供のときからおそばにいて、あんなに楽しそうなのは初めて見ますからね。――だからマウロも、もう少し頑張ってください」

「――サラディーノ」

きゅっと胸が熱くなって、マウロは立ち上がってサラディーノの手を握りしめた。

「ありがとうございます！　僕、努力します」

「礼はいいです。マウロが二週間経っても緊張したままなので、いい加減慣れてほしいだけですから」

つんとそっぽを向いて咳払いし、サラディーノはそっとマウロの手を外させた。

「そろそろ先生も来るでしょう。ダンスの練習のあいだは、おれはジルド様のところに行ってきます。会議に付き添いますから、終わりの時間に間に合わなければほかの侍従をよこします」

「はい、わかりました」

心なしか赤い顔でサラディーノは出ていくのを、マウロは嬉しい気持ちで見送った。城に来てから、こんなにほっとできたのは初めてだった。サミーだけでなく、サラディーノもジルドが幸せそうだと言ってくれるなら、マウロの振る舞いは間違っていないということだ。

よかった、とひとり呟いて喜びを反芻《はんすう》しているうちに、ダンスの先生もやってくる。はじまった練習はいつになく上手にできた気がした。どうにかステップを間違えずに一曲踊れるようになって褒められて、マウロは舞い上がるような気分で広間の外に出た。

褒められたことをサラディーノにも言おうと思っていたのだが、待っていたのは見知らぬ男だった。

「サラディーノがジルド様のところから戻れないので、わたくしがかわりにお部屋までお供します」

「——うかがってます。よろしくお願いします」

ジルドやサラディーノよりも年嵩《としかさ》の男だ。一瞬身構えてしまったが、彼はにこやかに話しかけてくれた。

「代理とはいえ、こうしてマウロ様とお話しできて嬉しいです。ジルド様に愛されておいでの方は、慎ましく控えめで可愛らしいとお聞きしたので」

「僕のこと、そんなふうに言う人がいるんですか？」

あれこれ噂されているのは知っているが、好意的な言葉は聞いたことがない。びっくりして見上げれば、彼は大きく頷いた。

「もちろんです。実際にお会いしても可愛らしい方ですね。耳も尻尾も」

「これは……き、嫌いな方も多いですよね」

「わたくしは素敵だと思いますよ」

言葉どおり、彼の表情には嘲《あざけ》りや嫌悪の色はない。優しそうな人だとほっとして、マウロは耳を撫でた。

「よかったです。ジルド様は隠すのがお好きじゃないけど、僕はまだ、尻尾を出しっぱなしにするのは慣れてなくて……耳も、恥ずかしくて。お城の中には獣人は僕しかいませんし、その……みんなにたくさん見られるので、緊張してしまって」

「初めての城内では緊張するのも当然ですよ」

彼はにこにこと言ってマウロの顔を覗き込んだ。

「お菓子作りが趣味とうかがいました。午後の休憩の時間に、息抜きにお菓子を作られては？ジルド様に差し入れれば、きっと喜んでいただけますよ」

「お菓子、作ってもいいんですか？」

びっくりして、耳も尻尾もぴんと立った。男は「もちろんです」と頷いてくれる。

「使用人たちが使う厨房でしたらいつでも使えますよ。よろしければ、昼食もそこで召し上がることにして、さっそく行ってみますか？」

「はい、ぜひ！」

久しぶりにタフィーを作れる、と思うとわくわくした。ジルドのところに届ければ、五分だけでも話ができるかもしれないし、もしかしたらお茶も一緒にできるかもしれない。そう考えてしまってから、ぷるぷると頭を振った。

(だめだ、ジルド様はお忙しいんだもの。タフィーは届けるけど、好きなお菓子でくつろいでもらうのが目的で、僕と一緒に過ごしてもらうために作るんじゃない)

欲張りにならないって決めたんだから、と自分を叱咤し、改めて男に笑顔を向けた。

「厨房、連れていっていただけますか？」

「かしこまりました」

嬉しげに男が笑みを返してくれ、こちらです、と案内してくれる。思いのほか足の速い彼を、できるだけ走らないように追いかけながら、マウロは期待で尻尾を膨らませた。


案内されたのは、十分に広くて明るい活気のある、居心地のいい厨房だった。かまどもオーブンも大きくて、それぞれ三つずつある。料理人たちは急にやってきた獣人のマウロに目を丸くしていたが、案内の男が説明してくれた。

「ジルド様の婚約者になるマウロ様だ。ジルド様に差し上げるお菓子を作りたいということだから、場所をお貸しするように」

「……そういうことなら、まあ、どうぞ」

年配の男性が、じろじろとマウロを眺めながらも頷いた。女性たちは「ほら前に聞いた子だよ」とか「あれが……」とこそこそ囁きあっている。

「で、なにを作るんです？」

「タフィーです。砂糖と……できたらメープルシュガーと、」

男性料理人に説明をはじめたところで、奥の勝手口が開いた。

「毎度、配達に参りました」

なめらかな、どことなく聞き覚えのある声だった。振り返ると、マウロを案内してきた男がさっと寄っていく。

「わたくしが受け取りましょう。ほかの者はマウロ様のお手伝いをしてくれ」

旅人が着るような灰色の外套《がいとう》をまとい、深くフードをかぶった荷運び人の男が大きな麻袋を運び入れ、床に置くのを視界の端に見ながら、マウロは胡桃が使いたい、と言った。

「材料はこの三つだけです。ありますか？」

「メープルシュガーはないけど、砂糖と胡桃ならたくさんあるよ。出してあげるから、好きに使っとくれ」

男性は面倒そうに言いながらも砂糖と胡桃を出してくれた。そのあいだに、荷運び人はいなくなる。なんとなく気になってマウロは勝手口を眺めたが、女性たちに「手伝いますか」と声をかけられて、はっと視線を戻した。

「難しいお菓子じゃないので、手伝いはいりません。お邪魔してしまってすみません」

そうかい、とちょっぴり残念そうな彼女たちに、「出来上がったらお裾分けしますね」と約束して、マウロはさっそく作りはじめた。

いつもの手順で胡桃を刻み、オーブンで焼く。砂糖を火にかけると甘い香りがあたりに漂った。メープルシュガーを使っていないから、いつもと少し違う香りだが、それでも十分懐かしく感じる。鍋の中で溶けて透明になり、ふつふつと煮立って色づいていくのを見ていると、たまらなく気持ちが安らいだ。

やっぱりお菓子を作るのが好きだ。手順のひとつひとつが楽しいし、焼けていくときの甘くて香ばしい匂いはなによりも心が躍る。

(畑仕事もできたらいいんだけど……森の家までちょっと出かけたいとか、だめだよね)

ほったらかしの家も畑も荒れてしまっているだろう。残念だが、わがままは言えない。タフィーを作らせてもらえるだけでもありがたかった。

焼き上がりを待つあいだに食事はできたが、冷めるまで待てるほど時間がなかった。午後にも勉強があるのだ。

「冷めたら切り分けるんですよね。やってもらいますから、あとで取りにいらしてください。ジルド様にはご自分でお届けしたいでしょう？」

「はい、できれば」

サラディーノのかわりの男性は親切だ。よろしくお願いしますと頭を下げて急いで部屋に戻り、挨拶文や貴族独特の言い回しを教えてもらうあいだも、楽しい気分はしぼまなかった。

二時間の授業を受けて、戻ってきたサラディーノに「作ったタフィーを届けたい」と言うと、彼も「いい考えですね」と言ってくれた。

「ジルド様はほうっておくとお茶の時間も取らないので、マウロが行けば少しは休憩を取ってくださるでしょう。お茶の支度をしておくように伝えておきましょう」

「僕、厨房までタフィーを取りに行ってもいいですか？　切っておいてくださいって頼んであるんです」

「一緒に行きますよ。マウロはジルド様がどこにいるかわからないでしょう？」

珍しくサラディーノが笑い、マウロの背中にかるく手を添えた。

「お菓子作りが嬉しいのかジルド様に会えるのが嬉しいのかわかりませんけど、顔色がよくなってよかったです」

「……顔色、よくなりました？」

マウロは両手を頬に当てた。自分ではわからないけれど、楽しい気持ちでいるから、それが顔に出ているのかもしれない。

「ジルド様にタフィーを食べてもらえるのが嬉しいんです。もうずっと作ってませんでしたから。できたら毎日、なにか作って差し上げたい」

照れてそう呟いてから、急いでつけ加える。

「もちろん、ジルド様はお忙しいんだから、昼間はお邪魔しちゃだめだってわかっています。本当は夜も、毎日来ていただかなくたって僕は大丈夫です。お会いできるのは嬉しいけど、ジルド様が無理していないか、心配なので……」

「その話をおれにするのはやめてくれますか」

なぜだかサラディーノは上を向いた。

「似たり寄ったりなことを聞かされているとうんざりしてしまうので」

「ご、ごめんなさい」

謝ってから、僕前も言ったかな、と首を捻ったが、気づかないうちにサラディーノに弱音を吐いたことはあったかもしれない。気をつけなきゃ、と気を引き締めなおして、マウロは厨房に向かい、用意されていた籠を受け取った。

それを手に、サラディーノに案内されてジルドの執務室に入ると、ジルドは顔を輝かせて迎えてくれた。

「マウロ！　来てくれたのか」

「はい。タフィーを作ったので、息抜きに食べていただきたくて」

「もちろん食べるよ。ちょうどいい、そろそろお茶の時間だから、マウロも一緒に食べなさい」

ジルドはぎゅっと抱きしめてきて、マウロは「お邪魔はしません」とは言えなくなった。抱きしめてもらうとじんわりと胸が熱くなって、身体から力が抜けそうになる。

このまま離れたくない、と思ってしまって、マウロは一度だけ額を彼の胸に押しつけた。

「おいしくできてるといいんですけど……砂糖だけで作ったから、少し味が違うと思います」

「全然かまわないよ。でも厨房には、メープルシュガーを仕入れておくように言っておこう」

名残惜しげに頬ずりして、それからジルドは執務室の中の小さなテーブルセットに、マウロを座らせてくれた。ジルドは向かいに座り、召使いがお茶をそそぐのを待って、さっそく籠を開けた。

「ああ、いつ見てもおいしそうだ」

幸せそうにタフィーを手にしてかぶりつくのを、マウロも幸せな気持ちで見つめた。こうして向きあっていれば、彼はあの街外れの家にいるときとなにも変わらない。優雅だが気取ったところはなくて、タフィーの食べ方はなかなか豪快だ。気持ちのいい速度であっというまに一枚食べ終えて、ジルドは満足げにお茶を飲んだ。二枚目を手にして、マウロのほうへと籠を押しやる。

「たしかにいつもと味が違うけど、おいしいよ。今日はアーモンドを使ったんだね」

「――え？」

マウロは眉をひそめて、籠に手を伸ばした。

「僕、ちゃんと胡桃を使ったんですけど……」

「そう？　私の勘違いかな、アーモンドだと思ったんだが」

ぱきんとタフィーを割りながら、ジルドが首をかしげる。マウロは籠の中を覗いた。綺麗に同じ大きさに切り分けられたタフィーは、ずいぶん茶色く見える。人によってはキャラメルを濃い茶色に仕上げる人もいるが、マウロならここまで濃くはしない。今日だっていつもどおりに作ったはずなのに、と思いながら手で割ってみると、中身はたしかに胡桃ではなく、アーモンドだった。

（……これ、僕の作ったタフィーじゃない）

さあっと身体が冷たくなった。なぜかはわからないが、マウロが作ったタフィーのかわりに、別の誰かが作ったタフィーが籠に入れられていたのだ。いったい誰がこんなことを、と混乱しながらジルドを見て、いっそう手足が冷える心地がした。二枚目のタフィーも、彼は食べてしまった。

どうしてだろう。いやな予感がする。厨房にいた誰かがマウロの真似をしてタフィーを作って、こっちのほうが出来がいい、と替えただけならいいけれど――あの、配達に来た男の人。

いつもの届け人なら、あんなふうに目深にフードをかぶったりしているだろうか。それに、なめらかで妙に耳になじむやわらかい声は、どこかで聞いた気がする。

「マウロ、食べないんですか？」

サラディーノに声をかけられて、マウロははっと顔を上げた。

「いえ……あの、」

マウロはなんと言えばいいのか迷って口ごもった。考えすぎかもしれない。タフィーは簡単だから誰にでも作れるし、マウロが作ったものでなくても、ジルドがおいしいと言って食べてくれたならそれでいい。違う人が作ったものだ、などと言えば、厨房にいた誰かが作ったものがよくないみたいに聞こえてしまいそうだ。みんな、怪訝そうにしながらも快く場所を貸してくれたのに。

なんでもありません、と小さな声で言うと、ジルドが心配そうに眉根を寄せた。

「マウロ、顔色が悪い。もしかして具合が悪いのか？」

「僕は大丈夫です」

笑みを浮かべようとしたが、ジルドは立ち上がってマウロの顔を覗き込み、額と額をくっつけた。

「熱はなさそうだが……」

言いかけ、違和感を覚えたように喉に手をやったかと思うと、ジルドは苦しげに咳《せ》き込んだ。

「ジルド様！　大丈夫ですか!?」

支えようと立ち上がったが、ジルドは床に膝をついてしまう。大丈夫、と口は動いたが声はなく、ただ掠《かす》れた息が漏れる。駆け寄ったサラディーノがマウロを押しのけ、主《あるじ》を支えた。

「ジルド様！　どうされました？」

「胸が……焼ける、みたいだ……、」

普段は涼しげなジルドの顔が、苦しそうに歪んで汗が浮いている。指は喉や胸をかきむしっているが、動きは緩慢だった。マウロはジルドに飛びつくようにして腕を握った。

「ジルド様、手足が痺れませんか？　喉の奥も熱くて痛い？」

「ああ、」

サラディーノにもたれかかって喘ぎながらも、ジルドは頷いた。やっぱり、とぞっとしながら、マウロはサラディーノを見つめた。

「きっと、パッファーの毒です」

「——おまえ、毒を盛ったのか？」

瞬時にサラディーノの顔が険しくなり、マウロは首を左右に振った。

「違います！　でも、タフィーに毒が入っていたんじゃないでしょうか。これ、僕の作ったのとは違うんです」

「誰かがジルド様を殺そうとしてるって言うのか？　嫌っている人間はいても、毒殺なんて馬

鹿なことを考える者は城内にはいないはずだ」

サラディーノはぴしゃりと言って「誰か！」と声を張り上げた。

「医者を呼べ。ジルド様を寝室にお連れする。——マウロは、」

冷ややかな目がマウロを一瞥し、数秒だけ考えて、サラディーノは告げた。

「ひとまず牢に入れておけ。マウロは、おれが行くまではなにも口にするな」

「そんな……っ」

パッファーの毒なら、解毒には薬草が必要だ。目印のきのこは近くの森でも見かけたことがあるけれど、パッファー自体がヴァルヌス国では知られていないだろう。探しに行かなきゃ、と訴えようとして、マウロは入ってきた衛兵に引き立てられて身をよじった。

「離して……っ薬草を、」

「おまえに指図されなくても、医者がちゃんと診《み》る」

サラディーノはもう一人の衛兵とともにジルドを支えて立ち上がった。ジルドはぐったりして目を閉じていたが、マウロに向かって口をひらきかけた。

「おい、おとなしくしろ！」

咄嗟に駆け寄ろうとしたマウロは、強くひっぱられてよろめいた。大柄な衛兵は焦れったそうにマウロを肩に担ぎ上げ、マウロはせめても、と声を張り上げた。

「僕じゃないです！　僕がジルド様に毒なんて……そんなことしません！」

「うるさい、喚《わめ》くな」

衛兵は大股で執務室を出てしまう。お願いです、とマウロは彼の服を握りしめた。

「下ろしてください。僕、薬草を探しにいかなきゃ。パッファーの毒は一日放置したら死んでしまうんです！」

「やけに詳しいじゃないか。やっぱりおまえが毒を入れたんだろう？」

衛兵が怒りのこもった声で唸った。

「なんてやつだ。せっかくジルド様に気に入られて婚約しようというのに——まさか暗殺する目的で取り入ったんじゃないだろうな」

「……違います。僕は、」

震えて反論しかけ、マウロは唇を噛んだ。たぶんなにを言っても、聞いてはもらえない。

「ジルド様にはよくしていただいたはずなのに、獣人ってやつは恩知らずだな」

吐き捨てるように衛兵は言い、マウロは目を閉じてうなだれた。どうか、と神様に祈る。

（ジルド様が僕の話を覚えていて、薬草の話をお医者様にしてくれますように。サラディーノがパッファーの毒だってお医者様に伝えてくれるのでもいい。お医者様なら、効く薬草をご存じかもしれないもの）

きっと大丈夫、と言い聞かせてみても、不安は拭えなかった。

（——ジルド様）

なぜタフィーに毒が仕込まれたのかはわからない。でもきっと、ジルドだけを狙ったわけではないのだろう。むしろ、仕組んだ人はマウロを殺したかったのではないか、という気がした。いきなり現れた異国の獣人を疎ましく思う者は何人もいるだろう。もしかしたら、マウロが味見くらいすると考えて、毒を入れたのかもしれない。

なんにせよ僕のせいだ、と思うと、暗闇に落ちていくような気がした。

(僕のせいだ)

好きだと言ってくれた大切な人を、マウロは危険な目にあわせてしまったのだ。

城の本塔から離れた石積みの建物まで運ばれ、地下の牢の床に放り出される。万が一にも逃げないようにだろう、靴を奪い取って兵士が出ていき、マウロはうずくまった。

「——ごめんなさい、ジルド様」

泣きたいほど苦しいのに、どうしてか、涙は出なかった。

静まり返った牢に足音が聞こえてきたのは、ずいぶん時間が過ぎてからだった。サラディーノだろうかと顔を上げたマウロは、昼間厨房まで案内してくれた男だと気づいてぎくりとした。

「……あなたは、」

「信じられないやつだな、おまえは」

昼間の温厚さが嘘のように、きつい声で彼は言い捨てた。

「わたしがせっかく善意でお菓子を作って差し上げてはと言ったのに、毒を入れるなど……妃になりたくないのか？」

「――僕は、お妃になりたいわけじゃないです」

ただジルドのそばにいて、彼の役に立ちたいだけだ。

「毒なんて入れていません」

「誰も信じるわけがないさ」

片頬を歪めて彼は笑い、牢の鍵を開けた。来い、と呼ばれて、マウロは迷ったものの立ち上がった。

「あの、僕、薬草を――」

「おまえの言葉など誰も信じないが、余計なことを言われてわたしに疑いがかけられては困るのでね」

男はぎろりと睨んで、マウロの襟首を掴んだ。半ば持ち上げるようにして、こっちだ、と引き立てる。

「おいたわしいことに、ジルド王子は苦しんでおいでだそうだ。うわごとのようにおかしな言葉を繰り返しているとか」

「……ジルド様はなんて言ってるんですか？　具合はすごく悪いんですか？」

掴まれたままなんとか男を見上げると、大きな手がマウロの頬を張り飛ばした。がん、と頭がぶれて、鈍い痛みと衝撃が響く。

「……っ、ぅ、」

「自分で毒を盛ったくせに、心配するふりなどするな」

ぐったりしたマウロは歩けずに膝をつきそうになったが、男はかまわずに掴んだ。半ば引きずられ、床とこすれる足がざりざりと痛む。殴られたはずみに口の中を切ったらしく、唇の端からは血が垂れてきた。

それでも、マウロは呻くように言った。

「お願いです。もしお医者様が効く薬をまだ見つけられていないなら、パッファーの毒だって伝えてください。許していただければ、僕が――」

「黙れと言ってるんだ！」

ばしん、と再び殴られて、一瞬意識が遠のいた。身体が自分のものではないようにぐらぐらする。突き飛ばすように手を放されると、マウロはなす術なく倒れ込んだ。

「二度と城には近づくなと王も仰せだ。薄汚い獣人が、生きて出られただけでもありがたいと思え」

男はそう言うと、そそくさと立ち去っていく。マウロは力の入らない手を地面について、どうにか顔を上げた。もう夜だ。あたりはまばらな木立で、城壁がすぐそばにそびえていた。小さな木戸があるから、あそこから出てきたのだろう。

城外に放り出されたのだと悟って、痛む身体を起こした。普通なら、王子を毒殺しようとしたと疑われて牢に入れられれば、審議があるまでは出られないはずだ。それがなかったとしても、処刑までは捕らえておくはずで、わざわざ逃がすような真似をするなんておかしい。もし内密に薬草を探してこいということなら、あの人がそう伝えてくれてもいいはずだ。

なんだか変だ、とは思ったが、牢から出られたのはありがたかった。城があるのは街の北側だ。林の中を東を目指して進めば街道に行き当たるはずで、そこまで行けばマウロの住んでいた森まではそう遠くない。

(ランプを持てば、目印のきのこは探せるから——頑張れば、朝までには見つけられるはず)

城の医者が薬草を用意してくれればそれでいい。でももしなかったら? パッファーの毒だと伝わっても、なんのことか理解してもらえなければ、明日の午後にはジルドが死んでしまう。

急がなきゃ、とマウロはがくがくする脚で立ち上がった。街の音が聞こえないかと耳をすませつつ、空を仰いで星を探す。幸いにも夜空は晴れていて、すぐに北の方角の明るい星が見つかった。

殴られた顔は痛むが、慣れてしまえば手足は動く。おなかを殴られなくてよかった、と思いながら、マウロは森を目指して駆け出した。

二十分も進めば、見慣れた街道へと行き当たり、ほっとして街とは反対方向へ進む。慣れた道は暗がりでも迷うことはなく、久しぶりの我が家にはほどなく着いた。だが、慎ましい小屋が目に入った途端、マウロはどきりとして足をとめた。

扉や窓の木戸の隙間から、オレンジ色の光がこぼれている。ここは誰も知らないはずなのに、誰かが見つけて居着いているのだろうか。

おそるおそる近づいて、扉を細く開けると、中で人影が動いた。咄嗟に後退りかけたが、相手のほうが速い。ぬっと伸びてきた手が服を掴む。そこに光る腕輪に、マウロはひっと声を漏らした。――銀の蛇だ。

全身が総毛だってちりちりする。引きずり込んだ相手は扉を閉めるとそこにマウロを押しつけ、ごく穏やかに微笑んだ。

「おかえり、マウロ。待っていたよ」

「――どうして、あなたがここに？」

三年ぶりでも忘れようのない、どこかのっぺりとした顔を見つめ、マウロはもがいた。押さえつけられた首元が苦しい。腕を両手で掴んでも、一見細い彼はびくともしなかった。

「可哀想に、殴られたの？　傷はつけるなと、厳しく言っておけばよかったな。まあ、これくらいならすぐに治るだろうけど」

「……い、……んっ」

腫れた頬をつうっと撫でられて、鋭い痛みが走った。彼は淡い笑みをたたえたまま、いかにも温厚そうなのが恐ろしい。なにをされるかわからず、尻尾まで竦んで強張ってしまう。

でも、負けたくなかった。時間がないのだ。

「放して……っ、放してください……！」

「ぼくが商いをしているのは覚えているかな？　とある国の貴族様がね、変わった獣人をご所望なんだよ。リスは飼ったことがないから、ほしいんだって」

彼はマウロの小さな耳をひっぱった。無遠慮な力にびくん、と身体が跳ね、悔しさに唇を噛む。その表情に、蛇の腕輪の男——ズミヤーは優しげに笑いかけた。

「きみの家に泊めてもらったとき、連れていった赤ん坊を取っておければよかったんだけど、あの子は北の凍土で熊の獣人に土産としてあげてしまったんだよね。お得意様の頼みを断るわけにもいかないから、またウェルデンまで行かなきゃならないかと思ってたんだけど、きみがノーチェにいてくれて幸運だったよ。もっとも、俺が捕まえてやるって意気込んでいた紅竜館の息子は役に立たなかったけどね」

ズミヤーは今度は顎をくすぐるように撫でてきて、嫌悪感でマウロは足をばたつかせた。

「つやめて、触らないでっ」

「ちなみに、きみの家が森にあることは紅竜館の女が教えてくれたんだ。きみとは仲がいいんだって？」

メイランのことだと悟って、マウロは男を見返した。優しげな微笑みを浮かべた男は「可哀想に」と歌うように言う。

「最初はあの女も教えられないと言ったんだけど、結局自分の身のほうが可愛いからね。金と引き換えに、このあたりに家があるはずだってぼくに教えたんだ。信じていた知り合いに裏切られる気分はどう?」

マウロはぐっと息を呑み込んだ。街でぶつかったときの彼女の様子を思い出し、胸がつぶれるように痛む。——きっと、メイランだってつらかったはずだ。

「……メイランは、僕を裏切ったわけじゃない。あなたが脅したんでしょう」

「脅したりしていないよ。ただ、教えれば彼女の娘を奴隷に売るのはやめてあげると言っただけ。マウロが行くことになる異国はね、今でもたくさん奴隷がいるんだよ」

蛇の腕輪をこれ見よがしに撫でながら、ズミヤーは奇妙に楽しげだった。

「奴隷がよく働くから、綺麗でいい国なんだ。金さえあれば贅沢な生活が送れるから、こっちから移住したがる貴族がいるくらいさ。でも、獣人はただの獣と同じ扱いだから、殺しても罪には問われない。狩りに使うから獣人を買ってきてくれと頼まれることもあるよ。ぼくもときどき見物させてもらうけど、泣いて逃げ惑って面白い」

長い舌が覗いてぞろりと口の回りを舐め、マウロはぞっとして震えた。それを感じ取ったのか、ズミヤーは掴んだ手の指を動かして、マウロの首筋を撫でた。

「怖がることはないよ、マウロ。おまえを買ってくださる貴族様は、ペットを愛でるのが好きな方だからね。従順にしていれば、服を着る暇もないくらい抱いてもらえる。ジルド王子のことなんてすぐに忘れるくらいにね」

「……っ」

首を振っておぞましい手から逃れ、マウロは熱く感じる目で彼を睨みつけた。

「どうしてあなたが、ジルド様のことを知ってるんですか？」

「もちろん、見たからだよ」

抗うマウロを、男は面白そうに目を細めて眺めた。

「王子に連れられて街を歩いていただろう？　ぼくが紅竜館の息子にきみの話を聞いているときに通りかかったじゃないか」

脳裏に再び、港に行った日のことが蘇った。メイランとぶつかったあと、誰かと話している紅竜館の息子を見かけたとき、一瞬ひやりとしたのは気のせいではなかったのだ。

「あいつは無知だからジルド王子をただの貴族だと思っていたけど、ぼくは一目でわかったよ。でも、ぼくもきみのことは気に入っている。相手が王子だからと諦めるより、少し頑張ってみようと思ってね。王子はきみを城においておけば安心だと考えたんだろうが、ぼくはこれでも盗みが得意なんだ」

「……そんな、まさか」

いやな想像が頭をよぎり、マウロは呆然と相手を見返した。

「パッファーの毒は、あなたが――あなたがやったんですか？」

「やるだなんてひどいな。ぼくは人殺しはしない」

唇の両端をつり上げて、ズミヤーは得意げに微笑んだ。

「確かに毒は売ったけど、それだけだ。王子を獣人と結婚させたくない貴族がいてね。タスカ家の当主とその息子だよ。どうしてもきみのことが邪魔だと言うから、助言したんだ。タフィーという菓子に毒を仕込めば、マウロが王子を殺そうとしたように見えるはず。罪を着せて捕らえたあとは、秘密裏に城の外に放り出してくれれば、獣人はぼくが始末しますよとね。昼間顔を出したのは、決行が今日だと聞いていたから、予定どおりか確認に行っただけさ」

そう言われて、厨房に荷を届けにきたのも彼なのだと気づき、マウロは身震いした。あのとき、もっとちゃんと見ておけば――用心することだってできたかもしれないのに。

「毒を用意したのがあなたなら、人殺しも同じじゃないですか」

悔しくて何度も掴んだ腕を叩いたが、男は心外そうに首をかしげただけだった。

「全然違うさ。だって、売った毒を使うかどうかは、彼らが決めることだからね。彼らはあの毒で死ぬことはないと思っているから、このままだと王子は死んでしまうだろうけど」

「つ……その人たちのことも騙したなんて……」

「ヴァルヌス国のことなんてどうでもいいじゃないか」

急に飽きたように、男は冷めた顔つきになった。

「ぼくが必要なのはマウロ、きみだけだ。きみを売れれば、あとは関係ないよ」

「――よくわかりました」

結局自分のせいなのだ、と痛感する。三年前のあの日、目の前のこの男を助けたことが、すべての過ちの元なのだ。森の仲間を苦しめ、マウロを愛してくれたジルドのことまで、危険に晒している。

「一日だけ、時間をください」

掴んでいた男の手を離し、マウロは身体の両脇でこぶしを握りしめた。

「時間？　どうして？」

「パッファーの毒に効く薬草を探しに行きます。それをお城に届けたら、またここに戻ってきますから、離してもらえませんか？」

「それを信じろと言うの？」

愉快そうに目をぐるりと回し、ズミヤーは顔を近づけた。

「マウロは根っから善良だね。自分が嘘をつかないから、相手も嘘をつかないと思っているし、皆が信じあえると思ってる。きみが言うなら戻ってくる気なんだろうけど、わざわざ情けをかけてあげる理由は見つからないな」

「じゃあ、僕はここで死にます」

きっぱりと告げながら、マウロは胸の内で唱えた。

(自分が正しいと思うなら、戦えるはず)

ジルドが言った言葉だ。諦めて受け入れ、従うのはいつでもできる。でも、マウロが今すべきことは、せめても――ジルドの命を助けることだ。

精いっぱい男を睨みつけながら、横へと手を伸ばす。畑仕事に使う小さなスコップが、ドアの脇にはかけてあるのだ。それを探り当てて取り、自分の胸へと押し当てた。

「売り物がなくなったら、あなただって困るでしょう。せっかく時間をかけたのに無駄になります」

「へえ、このぼくを脅すの?」

おかしくてたまらないように、男は笑い声をあげた。

「スコップで胸を抉るのはすごく痛いと思うけど、きみにできるかな。人間て意外に頑丈だからね、死のうと思うと大変だよ?」

「できます」

ほかに方法がなければ、なんだってする。ぐっと力を込めるとシャツ越しに硬い金属が肉に食い込んだ。

「僕が今まで死ななかったのは、死ぬだけの理由がなかっただけ。ジルド様を助けられないなら、生きている理由のほうがなくなりますから」

故郷にいられなくなったときに死んでもおかしくなかったのだ。放浪しているあいだでも、ひとりぼっちで寂しくて、ひもじくて、あてもないまま彷徨うくらいなら、死んだほうがいい、と思ったこともある。ほんの一筋、どこかに自分でも受け入れてもらえる場所があるかもしれないという希望が捨てられなくて、結局生きてきたけれど。

(ジルド様に会えて、短いあいだだけど夢が叶ったから。ジルド様にはいただいてばっかりだから、僕は死んでもかまわないんだ)

ぶつりと皮膚が弾けて、痛みが広がった。シャツに滲みはじめた血を眺め、ズミヤーはゆっくりと唇を舐めた。

「きみは本当に楽しいな。あちらの国で貴族様に差し上げたら、飼われるところをぼくも見せてもらうことにするよ」

「——ッ、ぅ」

彼はスコップを握るマウロの手を掴むと、圧倒的な力でねじり上げた。骨が軋む感触に、マウロは必死に呻き声を呑み込んだが、あまりの痛みに膝から力が抜けていく。床に崩れ落ちたマウロの上で、楽しげに、けれど冷たく、ズミヤーは言った。

「特別、一日あげよう。日没までにここに戻っておいで」

「……っ」

「戻ってこなければ、きみの森を焼きに行くからね。知ってる? あそこはこの前の春にたくさん子供が産まれたんだ。丸ごと焼けたらさぞいい匂いがするだろうな」

「……、約束は、守ります」

吐き気がした。こんな残忍な男を、親切で優しい人だなどとどうして考えたのだろう。見せかけの誠実さに騙されて好感まで抱いたなんて僕は馬鹿だ、と思いながら、マウロは放された手首をさすった。赤黒い跡が、蛇のように残っている。

ズミヤーはどかりと椅子に座り、懐から出した小さなブリキの容器で酒を飲みはじめる。それを横目に、マウロはランプに火を入れた。

朝までに薬草を探せれば、ちゃんと間に合う。このあたりの森は半年しか住んでいなくてもよく知っているから、ランプひとつでも十分に、探す自信はあった。


早朝の街はぼんやりと青く霞んで見えた。もう霧の出る季節なのだ、と思いながら、マウロは痛む足を引きずって城の門へと近づいた。鉄柵の向こう、常時警備している兵士に向け、お願いします、と声を張り上げる。

「サラディーノを……サラディーノ様を呼んでいただけませんか？　マウロだと言えば、わかってもらえるはずです」

「なんだおまえは――」

怒鳴りつけて追い返そうとした兵士は、マウロの耳と尻尾に気づいてぎょっとした顔になった。

「獣人？　リスじゃないか……今、マウロと言ったか？」

「牢に捕らえられたんじゃなかったか？　どうしてここにいるんだ？」

もう一人が慌てたようにマウロの全身を眺めてくる。せめて毅然と見えるように背筋は伸ばしたが、自分がぼろぼろの格好なのはわかっていた。顔には殴られた跡が、シャツは自分がつけた傷から血が滲んでいて、裸足のまま歩き続けた足も傷だらけだ。ズボンはところどころ裂けてしまっている。片袖がないのは、薬草を包むために破り取ったせいだった。

それを大事に抱えて、マウロは「お願いです」と訴えた。

「どうしてもサラディーノ様に会いたいんです」

兵士たちは困ったように顔を見合わせた。

「こいつは別の獣人かもしれないぞ。たまたま同じリスなだけで」

「でも、なぜサラディーノ様の名前を知ってる？　リスなんて、ノーチェには普通いないだろ」

「じゃあ追い返すのか？」

「だが、もし本人だったら、みすみす逃したのかと怒られるぞ」

「中に入れていただかなくてもいいんです。とにかく、サラディーノ様を呼んでもらえませんか」

迷って動かない兵士たちに再度頼み込むと、彼らの後ろから足音が聞こえた。険しい顔をしたサラディーノが駆け寄ってきて、慌てたように兵士たちが脇へと退いた。

「マウロ！　やっと戻ってきたか……！」

彼はすばやく横の通用門へと回り、小さな木戸を開けてマウロを中に入れてくれた。肩に手を回すと、兵士たちを鋭く睨む。

「このことは決して誰にも口外しないように。誰にも、です」

迫力に押されたのか、二人は黙って頷き、敬礼をした。急いで、とマウロを促したサラディーノは、足早に城へと向かう。

「薬草を採ってきたんですね？　夜が明けたから、探しに出ようかと考えていたところでした」

「はい――僕が牢からいなくなったこと、知っていたんですね」

「当たり前です。連れ出したのはタスカ家の従僕だということも、そいつが昨日おれの代理になりすましたことも、把握しました。なのにジルド様が、朝まではマウロを信じて待てと言うから、やきもきしながら待ってたんですよ」

まったく腹が立つことばかりです、とサラディーノは顔をしかめる。薬草を落とさないよう胸に抱き直し、マウロは小走りになりながらサラディーノを見上げた。

「ジルド様は大丈夫ですか？」

「大丈夫ではありません。意識はありますが、ずっと苦しそうで、医者が用意した解毒の薬はどれも効かないんです」

「僕が採ってきたこれを煎じて飲んでいただけば、大丈夫なはずです」

「では厨房に急ぎましょう。こっちです」

サラディーノは城の建物の正面の入り口は使わず、裏の使用人たちのドアを使って城内へと入ると、裏通路を抜けて大きく広い厨房へとマウロを連れていった。

中ではすでに幾人もの料理人が、朝食の支度をはじめていた。白く大きな帽子をかぶっていて偉そうに見えたけれど、サラディーノが鍋を使いたいと言うと、丁重なしぐさで火台をあけてくれた。

「煎じるのにはどれくらいかかりますか？」

「一時間くらいです。すぐやりますね」

マウロは鍋いっぱいに水を汲み、採ってきた薬草をそっと入れた。茶がかった緑色の、地味な草だ。葉は小さく、運ぶには布に包まないとこぼしてしまう。

「今が秋でよかったです。目印のきのこがまだ生えていたので……薬草の株も大きかったですし」

水に浮いた薬草を見つめて呟くと、サラディーノはじっとマウロを眺めたあと、「待っていなさい」と言って厨房を出ていった。戻ってきたときには薬箱とたらい、服を手にしていて、マウロのそばに椅子を持ってくる。

「座ってください。あちこち怪我をしているから、手当てをしないと」

「僕は平気です」

「きみが平気でも、ジルド様が見たら悲しむ」

サラディーノは料理人たちに「お湯をくれ」と頼み、たらいにお湯をはって、マウロの足を洗ってくれた。手際よく顔や胸、腕の傷を消毒していくサラディーノの顔は憮然《ぶぜん》として見え、マウロは小声で謝った。

「あの……ごめんなさい」

「なんの謝罪です？」

「――ジルド様を危険な目にあわせてしまったからです」

「毒を盛ったのはマウロじゃないんでしょう？　だったら謝る必要はない。……昨日は、おれこそすみませんでした。半分くらいはきみを疑っていました」

「疑われて当然です。毒を入れたのは僕じゃなくても、毒が使われたのは僕のせいですから」

マウロは床に視線を落として、蛇の腕輪の旅人の話をした。昔助けたこと。彼が商いをしていて、今回の毒を用意したこと。実際にタフィーに毒を入れたのはタスカ家の指示なこと。目的はマウロに罪を着せるためで、彼らはジルドが死ぬと思って毒を使ったわけではないこと。

順序立てて説明するのが難しいだけでなく、ズミヤーが待ち伏せしていたことは隠さなくてはならなかった。正直に言えばジルドにも真相が伝わって、無駄な心配や手間をかけるだけだ。

ごまかしながら話す後ろめたさで幾度も声がつまったが、サラディーノは幸い、なぜそうした事実を知ったのかと疑問に思う様子はなかった。黙って聞いてくれ、マウロが話し終わるとため息をつく。

「たしかに、マウロのせいと言えなくもないですね。きみと結婚するとジルド様が言わなければ、こんな騒ぎにはならなかったでしょうから」

「……すみません」

「おれに言わせれば、ジルド様のせいでもありますけどね。おれがいくら忠告しても、余計なことだと言っていろんなことを放置するから。獣人との結婚なんて簡単にはいきませんよと、何回も！　何回も言ったのに、耳を貸さないからこういうことになるんです」

怒りが抑えられないらしいサラディーノは、乱暴な手つきで薬箱を閉じた。

「で、煎じ薬はまだできませんか？」

「もうすぐだと思います」

サラディーノが持ってきた服は、ジルドが最初に買ってくれたものだった。淡い青のシャツと黒のズボンに着替えるあいだに、サラディーノが靴も持ってきてくれた。沸騰してから一時間経つのを待って、マウロは丁寧に薬液を漉《こ》した。それを器に入れ、サラディーノの案内でジルドの部屋へと向かう。

二間続きの広い部屋の奥、寝台の脇には召使いと医者とが控えていて、サラディーノを見るとほっとした顔をした。近づくとジルドはぐったりと横たわっていて、額には汗が浮いていた。ひらいた唇は乾ききり、息遣いも荒い。それでも、ジルド様、と呼ぶとまぶたが開いた。

「――マウロ」

「……遅くなってごめんなさい。お薬を持ってきたので、飲んでください」

「ああ、待っていたよ」

苦しいだろうに、ふわりとジルドは微笑んだ。マウロは涙ぐみそうになって、ぐっと歯を食いしばった。サラディーノに支えられて身体を起こした彼の口元に器をあてがい、慎重に薬を流し込む。

「不味《まず》いと思いますけど、効きますから」

器に添えた手の上に、ジルドの指が重なっている。発熱のせいでその指はじわりと熱く、どうしても声が震えた。ごめんなさい、と言いたいけれど、謝る権利もない気がして、何度も息を呑み込む。本当は抱きつきたかった。彼の胸に顔を埋めて謝って、頭を撫でてもらいたい。街はずれの家に戻って、二人で飽きるまで眠れたらいいのに。

器いっぱいの薬を飲み終えて、ジルドが枕に頭を落とす。サラディーノは医者と召使いに下がるように言いつけて、マウロはベッドの脇に膝をついた。

「少しずつ楽になると思いますから、眠ってください。痛みで夜のあいだは眠れませんでしたよね」

「大丈夫だよ。マウロが来てくれたから、それだけでもずいぶんいい」

ジルドはマウロの頭に手を乗せた。耳のあたりをくすぐるように、優しく撫でてくれる。

「マウロこそ、夜のあいだに薬草を探してくれたんだろう？　顔にも傷がついてる」

「平気です。全然痛くないし、さっきサラディーノが手当てしてくれましたから」

「罪滅ぼしかな」

ふ、とジルドは笑みを浮かべてサラディーノに目を向ける。サラディーノは不機嫌そうに顔を背けた。

「べつにそういうわけじゃありません」

「罪滅ぼし？　サラディーノが、ですか？」

「本当の犯人にマウロも狙われてしまうかもしれないだろう？　だから私の部屋にマウロを保護するようにとサラディーノに言った。それならいつでも、薬草を探してもらいに外に出すこともできるからね。なのにサラディーノは牢のほうがいいと言って」

「だって、もしかしたらマウロがやったかもしれないでしょう。それに、マウロを牢に入れれば、本当の犯人にジルド様やおれがマウロを疑っているんだと思わせられるから、相手が油断してちょうどいいと思ったんですよ」

「でも牢なんて寒くて可哀想じゃないか」

言い訳がましく言うサラディーノにジルドは言い返して、マウロに金色の目を向けた。

「ごめんね。怖かっただろう？　マウロを罠《わな》にはめようとしたタスカ家の従僕はもう捕らえてある。主たちのほうも、いずれ捕まるよ」

「僕は大丈夫です」

ジルドは一度もマウロを疑わなかったのだ、と思うと、改めて優しさが身に沁みた。たとえマウロが悪人でなくても、自分で望んだわけではなくとも、なんらかの理由で毒を使う可能性だってないわけではない。娘を売ると脅されたメイランみたいに――ほかに方法がないことだってある。

たとえば、これからマウロがつく嘘のように。

ジルドの顔を見つめて、マウロは微笑んだ。

「薬、効いてきました？」

「うん。楽になってきているよ」

「じゃあ、僕、おいとまさせていただきますね」

一瞬訝しげに眉根が寄って、それからジルドは半身を起こした。

「疲れたならここに横になればいい。腕枕してあげよう」

「眠いんじゃないんです。……ただ僕、家に帰りたくて」

「家に？」

「はい。――故郷に、帰ろうと思うんです」

上手に話せているか自信がなくて、マウロは目を伏せた。両手でズボンを握りしめる。

「実は、ずっと……その、ジルド様が、僕は罪をおかしてないって言ってくださってから、帰りたいと思っていたんです。ほら、自分が正しいと思うなら戦えばいいっておっしゃってたでしょう？　それに、船乗りの人が森の話をするのを聞いたら――懐かしくて」

「森に行きたいなら、私も一緒に行こう。馬なら速いし、ひとりで帰るよりも安全だよ」

ジルドがそっとマウロの手を取った。

「故郷が恋しいのは当然のことだ。そんなに悲しい声を出さないで」

「……違うんです」

喘ぐように息をついて、マウロは思いきって顔を上げた。金色の瞳をまっすぐに見返す。

「僕、ジルド様のお妃にはなれません」

「――――マウロ」

すっとジルドの表情が曇った。傷ついたような、案じるような表情に苦しくなって、マウロはそれでも言った。

「ジルド様が好きだとおっしゃってくださった僕は、本当の僕じゃないんです」

「……違うの？」

「はい。僕は欲張りだし、自分勝手です。それに、何度も考えてみたけど、ジルド様のことを特別に好きにはなれそうもありません」

頬が強張ったように感じられて、声を発するのは大変だった。でもこれは、薬草を探すあいだも考え続けて決めた、マウロなりの幕引きだった。

起きてしまったことは覆せないけれど、せめて少しでも役に立ちたい。マウロに残った「できること」は、ジルドのそばを去ることだけだ。

(好きじゃないって言えば、ジルド様はきっと諦めてくれる。自由にしてあげるって言ってくださったもの)

いっときは寂しく思ったとしても、マウロがいないほうが、結局はジルドのためにもなるはずだ。

「もちろん、ジルド様のことは好きです。おじいちゃんや、カシスのことを好きなみたいに。それからサミーも、サラディーノも好きです。だからみんなと比べて、もっとジルド様のことが好きかって言われたら、違うと言うしかありません。……ジルド様は言いましたよね。好きだったら、困難も乗り越えられるって。でも、好きじゃなかったら？　苦労するだけ無駄じゃないでしょうか」

「無駄だと、マウロは思うんだね」

「僕がじゃなくて、ジルド様にとって意味がないでしょう。あなたを好きなわけでもない獣人と結婚して、普通なら言われなくていい悪口を言われたり、嘆かれたり、嘲笑《あざわら》われたりするなんて——僕はいやです」

「私は気にしないけど……マウロにはつらいかな」

寂しげに、ジルドは笑みを浮かべた。首を横に振りそうになり、マウロは頷いた。理由なんてなんでもいい。彼にがっかりされても、軽蔑されたとしても、もう会わないのだから同じだ。

「この二週間もつらかったんです。毎日、覚えたくもないことを覚えなくちゃいけない上に、こんな騒ぎにまでなって……帰りたいです。僕、お城に来たいだなんて、一度も言ったことはないですよね？」

「マウロ」

苛立った声でサラディーノが咎めた。

「いくらなんでも恩知らずでしょう。ずっとよくしていただいたのに、そんな言い方をしなくても……」

「サラディーノ、いいんだ。マウロの言うとおりだ。逃げられたくなくて、城には強引に連れてきてしまったからね」

ジルドはごく穏やかだった。

「ごめんね。そんなふうに思いつめた顔をさせるまで、苦しめてしまったね」

（違うんです。ジルド様のせいじゃないです）

胸の奥で言えない言葉が暴れ回る。マウロは俯いて首飾りを外し、ベッドの上に置いた。

「日没までには森の家に戻りたいので、もう失礼させていただいてもいいですか」

「馬車を出させるよ」

「いえ——故郷に一緒に帰ってくれる人が、迎えにきますから」

嘘をついて断れば、ジルドは食い下がりはしなかった。そう、とだけ言って、一度だけマウロの頭を撫でてくれる。

「気をつけて」

一瞬戸惑ってしまうほど、あっけない別れだった。マウロを愛していると主張することも、引きとめることもしない。

ジルドはサラディーノに城の外までマウロを連れていくようにと伝えると、彼をそばに呼び寄せ、一言二言、なにか囁いて身体を横たえた。目を閉じた顔を盗み見て、マウロはすぐに視線を逸らした。

ごめんなさい、ともう一度言いたかったけれど、余計なことまで口にしてしまいそうで、彼に背を向ける。とぼとぼと部屋を出ると、サラディーノがため息をついた。

「やることが多くて忙しいんです。きみの身も、まだ安全とは言い切れません。ジルド様はああ言いましたが、せめて彼が完全に回復するまで、城にいることはできませんか？」

「――ごめんなさい。一緒に故郷の森まで行ってくれる人と、今日の夜に出発すると約束しているので」

サラディーノが城から出したくないのもよくわかる。でも、マウロも行かないわけにはいかなかった。約束をやぶれば、ズミヤーは故郷の森どころか、ジルドに対してもなにかするかもしれない。

サラディーノはじっとマウロを見下ろしたあと、仕方なさそうに肩を竦めた。

「マウロと出会ってしまったおかげで、ジルド様はおれに面倒ばっかりかけるようになって……一番貧乏くじを引かされているのはおれですよ」

「……すみません、本当に」

「マウロはもうちょっと、自分の幸運を自覚したほうがいいです」

「ジルド様には感謝しています。結局、僕はご迷惑しかおかけしませんでしたけど」

最初は踏むのも怖かった綺麗な床も、お別れだと思うと名残惜しい。重く感じていた首飾りがなくなった首は心許《こころもと》なかった。最後に着られたのがジルド様も気に入っている服でよかった、と思って、マウロは努力して微笑んだ。

「ジルド様に言いそびれてしまいました。……この服、おじいちゃんの上着みたいに一生大事にしますって、伝えてください」

サラディーノは苦いものでも食べたみたいに顔をしかめたが、わかりました、と頷いてくれた。

彼も城の外までマウロを送ると、「では」とすぐに戻っていき、マウロはひとりで高い城を見上げた。白く美しい建物も、もう目にすることはないだろう。

しばらくのあいだ眺めて背を向けて歩き出すと、忘れていた痛みが足の裏から刺すように響いた。空を見上げれば太陽の位置は高く、急がなくても日没には間に合う、と思うと、歩く速度は徐々に遅くなった。

できることなら座って休みたい。日差しは暖かいはずなのに、身体が冷えきっているようだった。胸も腹も重く、マウロはのろのろと歩きながら後ろを振り返った。城の尖塔はまだ見える。あの相応しくない場所に戻りたいわけではないはずが、急に駆け戻りたい衝動が襲ってきて、きつく唇を噛んだ。

通りの真ん中で立ち尽くすマウロに、通り過ぎる人が怪訝そうな目を向けていく。目立つ尻尾も見られているのを感じて、なるべく人の少ない道を選んだ。とにかく街は出てしまおうと、動かない脚を懸命に運んで歩く。

(急げば、森の家の中も少し片づけられるよね。残ったジャムは、カシスにあげたいな)

彼女にもお別れを言いたいし、と自分を励まして、マウロは笑おうと唇の端を上げた。ノーチェの街で過ごした時間は幸せだった。素敵な友達に出会えて、短期間とはいえ市場に店を出すこともできた。ジルドとサラディーノとサミーと、家族みたいに過ごせる時間があって、夕フィーはおいしいと言ってもらえて。

抱きしめてもらって、キスをされて、撫でられて——一生で一番、幸せな生活ができた。

(ジルド様の目、綺麗だったなあ。髪も、手も指まで綺麗で、あったかくて……尻尾も耳も可愛いって言ってくれて)

夢みたいだった。

街を囲む壁から外へ出て、マウロはもう一度だけ、と決めて後ろを振り返った。青空に、城の尖塔は宝石のように輝いている。

ジルド様、と小さく呟くと、ぎしぎしと胸が軋んだ。膝が地面に落ちそうになり、マウロはふらつく足を踏みしめた。

(……さようなら、ジルド様)

足元だけを見つめて、重い身体を引きずるように歩くと、森の家まではいつもの倍以上かかった。どうにか辿り着いてドアを開けたマウロはぎくりと身を竦ませた。

無人だとばかり思っていた中には、ズミヤーが居座っていたのだ。

「やあ、おかえり。思ったより早かったね」

ベッドの上で脚を投げ出してくつろいでいた彼は、マウロを見ると機嫌よく笑った。

「馬鹿正直な獣人は扱いが楽でいい。この時間なら、街の宿でくつろぐ時間も取れそうだ」

マウロは室内を見回した。狭いがきちんと片づいていたはずが、無惨な有様だった。棚に並べていたものはすべてぶちまけられ、壁にかけていた道具や鍋はなくなっている。かまどは崩され、床は足の踏み場もないほど汚れていた。

見ていると、心の中からすうっと感情が消えていく。

「部屋は壊しておいてあげたよ。ぼくはマウロを気に入ってはいるけど、二度と昨晩みたいにお願いされたり、脅されたりされるのは面白くないからね」

ズミヤーはベッドから立ち上がると、無造作に近づいてマウロの顎を掴んだ。

「船旅のあいだはいい子にしていてもらうよ。逆らったらこの部屋みたいに、きみをぼろぼろにしてあげる」

「――っ」

「もちろん、心配はしなくていい。殺しはしないし、船旅のあいだに治るくらいの傷しかつけないよ。高値で買ってもらいたいからね。でも、あちらの貴族様だって、飼う動物に躾《しつけ》がされていたほうが気分がいいだろう？」

指が頬に食い込んだ。ズミヤーは息がかかるほど顔を近づけ、「わかった？」と聞いた。マウロが頷くと、唐突に手を離す。マウロは痛む頬と顎を押さえて、マントを羽織るズミヤーをぼんやりと見つめた。

家の中に彼がいるのを見た瞬間はがっかりしたけれど、もうどうでもいい。家はどうせ捨てるのだし、カシスには会わないほうがいいのだろう。彼女に迷惑をかけるわけにはいかない。

道中はささいなことで暴力をふるわれるかもしれないが、怖いとは思わなかった。

(今までと同じ。きっとこの先も、ずっと同じなだけ)

こういう生活が、自分には似つかわしい。

「マウロもマントを着て。耳と尻尾が目立つと面倒だ」

投げてよこされた黒い外套をおとなしく着て、彼が支度を整えるのを待つ。ドアを開けた彼に従って出ようとして、不意に足をとめた背中にぶつかりそうになった。

なにごとかと顔を上げるのと同時に、外からいくつもの声と音が入り乱れて響いた。捕らえろ、という鋭い命令が聞こえ、ズミヤーが舌打ちする。

「この——下等な動物もどきが！」

振り返った形相は醜く歪み、大きく開けた口の中が赤黒く見えた。伸びてきた手が襟元を掴み、マウロは足が空に浮くのを感じた。ぐらりと身体が揺れ、乱暴に壁に叩きつけられる。

「……ッ！」

背中と頭に痛みが走り、衝撃で息がつまった。視界は黒く染まり、地面に崩れ落ちると吐き気がした。怒声が遠く聞こえる。足音と振動が肌を伝い、マウロは立たなきゃ、と思った。急がないと、また叱られる。立って、ズミヤーの言うとおりにしなければ。

けれど思うだけで、身体はどこも動かなかった。ひゅー、と喉が鳴り、マウロは何度もまばたきした。目を開けていてもなにも見えない。全身が痛い。倒れているのに世界がぐるぐる回って――気持ち悪い。
起きなきゃいけないのに、と焦りながら、マウロは意識を失った。

眩しい光が差している。まぶたの裏が赤く透けている、と気づくと、鳥の声が、続けてがやがやとした喧騒が聞こえ、それからひんやりした風が頬に当たった。身体はあたたかい。身じろぐとふんわりと寝心地のいい布団に包まれているのだとわかって、マウロは目を開けた。

見覚えのない木の天井だ。こぢんまりとした部屋で、ベッドには赤いカバーがかかっている。壁には花畑の絵が飾られ、小さな机と大きな鏡、可愛らしいタイル装飾のタンスがあった。

ここはどこだろう、と首をかしげると、勢いよくドアが開いた。

「マウロ！　よかった、目が覚めたのね」

弾けるような明るい声に、マウロはびっくりして耳を動かした。

「……カシス？」

「そろそろじゃないかと思って、スープを持ってきたのよ。今起こしてあげる」

にこ、と笑ったカシスは机に持ってきたトレイを置くと、マウロが上体を起こすのを手伝ってくれた。

「どこか痛む？　気がついた怪我は手当てしておいたけど」

「……大丈夫。ここ、カシスの家なの？」

ズミヤーに投げ飛ばされて倒れ込んだところまでは記憶にある。それがなぜ、カシスの家のベッドで寝ているのか、全然わからなかった。——あのとき家の周りにいたのは、誰だったのだろう。大勢がズミヤーとマウロに襲いかかろうとしていたようだったけれど。

「もちろん、あたしの家よ。昨日はびっくりしちゃったわよ、市場から戻ってきたら、マウロが家の前で倒れてるんだもの」

カシスはスープの載ったトレイを、マウロの膝の上に置いた。食べてね、と促され、ありがたく木のさじを手にしつつ、マウロは首をかしげた。

「僕、カシスの家の前で倒れてたの？」

「ええっと、正確に言うとそうじゃないわ。ちょっと離れた通りよ。それを見つけて、ほっとけないからうちまで運んだの」

カシスはごまかすように窓のほうに目を泳がせる。

「昨日の午後は揉め事があったみたいだし、マウロもそれに巻き込まれちゃったんじゃない？なにも覚えてない？」

「——僕、森の自分の家にいたはずなんだ。その……ある人と一緒に出発しようとしてて、そしたら家の周りにたくさん人がいて……」

「きっと紅竜館の息子じゃない？」

カシスがもっともらしい顔で頷いた。

「あたしが聞いた話だと、あのドラ息子、借金がかさんで、禁止されてる人身売買に手を出してたみたい。息子に甘い紅竜館の主人もさすがに怒ったみたいでね、それがきっかけで、息子のほうは自分の仲間に八つ当たりして喧嘩になって、お役人も来て大騒ぎだったのよ。きっとマウロの家までおしかけたのも紅竜館の息子の仲間じゃない？」

「……そう、なのかな」

「だってあいつ、獣人も売ろうとしてたのよ」

最低よね、とカシスは怒った顔をして、マウロの頭を撫でてくれた。

「あいつらが森から街までマウロを運んできたけど、お役人に追いかけられて、マウロのことは置き去りにしたに違いないわ。取り締まったお役人たちも、裏の通りで倒れてたマウロのことは見過ごしちゃったのかも」

説明されれば、そうかもしれない、と思えた。カシスには言えないが、ズミヤーはマウロを売る気で連れ出そうとしていたのだ。紅竜館の息子とは面識があるようだったから、仲間割れしたのかもしれなかった。

（……でも、あのときズミヤーは僕に怒っていなかったっけ……？）

違和感に眉をひそめかけると、カシスが「ほら食べて」と急かした。さじを口に運ぶと、肉と野菜がたっぷり入ったスープは優しい味で、あたたかさがじわりと沁みた。

「メイランも捕まっちゃったのよ。可哀想よね」

「え？　メイランが捕まったって、どうして？」

どきりとしてカシスを見ると、彼女は寂しげな顔をしてみせた。

「人を売るのに加担したとかで……でも娘さんも売られそうになっていたみたいだし、彼女はきっと釈放してもらえるはずよ」

「それならいいけど……もしかして、大勢捕まったの？」

「そうみたい」

「旅人――蛇の腕輪をした、ノーチェの住人じゃない人も捕まってない？」

気絶してしまったから、彼がどうなったかもわからない。捕まっていれば少しは安心だが、もし逃げおおせていたら大変だ。カシスは笑顔で頷いた。

「もちろん捕まったわ。大丈夫、もう誰もマウロに悪さなんてしないからね」

「……ありがとう」

なぜか、あまりほっとした気分にはなれなかった。ズミヤーなら、投獄されても逃げ出してきそうだ。それに、彼が捕まったままだとしても――マウロはこの街にはとどまれない。

冴《さ》えないマウロの表情を案じてか、カシスはことさら明るく言った。

「ほんと大勢捕まったんだから。紅竜館の息子と組んでいた貴族様まで捕まったのよ。でも、街が平和になるんだからいいことよね。マウロも、今は疲れてるでしょ。怪我もしてるんだもの、よくなるまでここでゆっくりして」

「でも、カシスに迷惑は、」

「他人行儀なこと言わないで。あたしだってマウロの友達でしょ」

カシスはそっとマウロの肩に手を回した。

「自分じゃわかってないと思うけど、あなたひどい顔してるのよ？　心配くらいさせてよ」

「……カシス」

「またマウロのタフィーも食べたいと思ってたし。ベッドから出られるようになったら、あたしのためにも作ってちょうだい」

抱き寄せる腕だけでなく、声もマウロを包み込むように優しかった。懐かしくさえ感じられる彼女の思いやりに目の奥がじんとして、マウロは頷いた。

「うん。いっぱい作るよ、カシス。身体は痛くないから、今から作ろうか」

「今日はだめよ、一日はちゃんと寝て」

めっ、とカシスはマウロの額をつついた。

「眠れないなら、少し話しましょ。――ジャック様とはなにがあったの？」

言われた名前にすっと顔が強張り、マウロは無言でカシスを見つめ返した。彼女は困ったように唇を尖らせる。

「きっとなにか、つらいことがあったのよね。それはわかるよ。ジャック様のところにいられない理由があるから、森の家にも帰ってたんでしょ。悲しそうな顔をしてるのは、怪我のせいだけじゃないよね。わかるけど……マウロの口からなにがあったのか、ちゃんと聞かせてくれない？　力にはなれないかもしれないけど、あたしだって励ますくらいはできるわ」

マウロは膝の上のスープの器に視線を落とした。たっぷり入っていたスープ。ベッドは暖かくて、部屋は居心地がいい。倒れていたマウロをここまで連れてくるのだって、きっと大変だっただろう。

それに、最初にジルドの家に行くようにと言ってくれたのもカシスだ。働きづめはよくないと諭《さと》してくれて、王子の舞踏会にも誘ってくれた。

「……ごめんね、カシス。ちゃんと休んで、恋もしたほうがいいって背中を押してくれたのに」

「ジャック様、優しかったでしょ」

カシスはトレイを机の上に片づけると、マウロと並ぶようにベッドに腰かけた。

「二人とも否定してたけど、市場に来たときだって浮かれた顔しちゃって、マウロのことが大好きで仕方なさそうだったから、きっと結ばれるって思ってたのにな」

「ジル——ジャック様は、最後までお優しかったよ」

マウロはなにも下がっていない胸元を握りしめた。首飾りのささやかな重みを思い出す。

「でも……僕は、ジャック様によくしてもらうだけで、迷惑ばっかりかけたから。だからおいとまをいただいたんだ」

「迷惑かけられたたって、ジャック様が言ったの？」

「――言わなかったけど、でも迷惑に決まってるよ。僕は獣人だし……結婚したいって言ってくださったけど、反対している人ばっかりだったもの」

「でも、ジャック様はマウロのことを好きって言ってくれたんでしょ？」

カシスは不満げに聞いてきて、マウロは少しのあいだ目を閉じた。あの人の金色の瞳を思い出す。

「ジャック様はね……僕がなにも望まないところが、好きだったんだって」

「……ジャック様がそう言ったの？」

「うん。ジャック様にはみんななにか期待をするのに、僕だけ期待しないから、そこが好きだって。――でも僕は無欲なわけじゃない。本当は、すごく欲張りだもの」

掠れた声で吐露すると、カシスは考え込むように唸った。

「そうねえ……完全に無欲な人なんていない気がするけど、でも、マウロがすごく欲張りってことはないと思うわ」

「欲張りだよ。ジャック様にどんなによくしていただいても、足りないと思ってたから」

顔を見られたくなくて、マウロは膝を立ててそこに額を押しつけた。

「自分でも知らなかった。最初は一生かかっても恩返しできないくらいだって感謝してたはずなのに、親切にしていただいてたら、もっともっとって……ひどいことばっかり考えてたんだ。僕なんて、彼には相応しくないのはちゃんとわかってたのに、好きだって言われたら、嫌われたくなかった」

「そんなに自分を責めるもんじゃないわ。ひどいことって、なにをお願いしたの？　お金？」

「違うよ。——忙しいのはわかっているのに、放っておかれたくないって」

口にすると、自分がひどく汚れているように思えて恥ずかしい。カシスに打ち明けたところで贖罪《しょくざい》にはならないとわかっていて、でも吐き出さずにはいられなかった。

「がっかりさせないのもジャック様のためだって思おうとして、好きでいてもらえるような僕になろうとしてたけど……それだって結局、僕がそばにいたかっただけだ。相手のことを考えるふりをして、欲張ったから」

本当の自分を隠し通せるわけがないのに、愚かな夢を見た結果、ジルドを危険な目にあわせてしまった。

「最初は、ジャック様にとっては僕は身代わりで、生涯の伴侶を見つけるために必要な、一時的な道具みたいなものだってちゃんとわかってたんだよ。なのに……嫌われなかったらずっとおそばで働けないかなとか、好きになってもらえたらほかの人と結ばれるのを見ないですむとか、そんなことばっかり考えて、ジャック様が望むことは全然できなくて……迷惑をかけるだけだった」

「——そっか」

丸まった背中を、カシスがそっとさすった。

「マウロは、ジャック様にだけ、欲張りになるんだね」

「……うん」

「それだけ、恋をしてたのね」

「——うん」

寄り添うように静かな声に、いっそう身体を縮めた。好きだった、と思い知る。叶わないと知っていてももがいてしまうくらい、そばにいたかった。

どんなに偽ってみても——マウロは、ジルドが好きだ。

「もう会えないけど……もう一回、謝ればよかった」

「きっといつか機会があるわ」

励ますようにカシスは言ってくれたが、マウロは額を膝にきつく押しつけた。そんな日は来ない。外国に売られることがなくても、彼に会うことはできない。タフィーを食べてもらうことも二度とない。

——いっそ、動けるようになったら港で船に乗せてもらおうか。ズミヤーが言っていた異国に向かう船だ。取引相手の貴族を探して、飼ってもらおう。そうしたらズミヤーが逃げおおせたときも、マウロを許してくれるかもしれない。

行くなら、早いほうがいい。ここにいると誰かに気づかれる前に。

今日中にでも旅立たなくてはと思いつつ、マウロはきしきしと痛む胸を持て余して、長いこと、顔を伏せたまま動けなかった。


ほら早く、と焦れったそうなカシスに手をひっぱられて馬車から降ろされ、マウロは腰を引いてかぶりを振った。

「やっぱり僕は――」

「マウロ？　あたしは説明したわよね、もう七回も！」

マウロの左手を掴んだまま、カシスはあいた手を腰にあてた。胸元の大きく開いた華やかな紅いドレスが、実によく似合っている。

「王子様の舞踏会はご馳走が出るって、前から教えてあげてるでしょ。ご馳走ということは、栄養もたっぷりのおいしい食事ってことなの。わかる？　なかなか元気にならないマウロには、絶対不可欠な食べ物なの。それに舞踏会なんだから、素敵な音楽もたくさん流れるわ。いい曲を聴けば気分だってよくなるし、あたしと楽しく盛り上がりましょ」

「カシスは友達と――」

「今の説明で八回目なのよ。九回も同じことを言わせるつもり？　だいたい、もうここまで来たんだから往生際の悪いこと言わないの。ノーチェっ子は腹をくくるのが大事よ！」

「僕はべつにノーチェ生まれじゃ……」

「うるさいわね！　いいから行くの！」

がしっとマウロの手を掴み直し、カシスはヒールを鳴らしながら歩きはじめた。つんのめるようにしてひっぱられていきながら、マウロは正面にそびえたつ大きな門を見上げた。夕闇が迫る中、堅牢な鉄の門はマウロを拒むかのように厳しく目に映る。

ひと月延期されていたジルド王子の舞踏会は、今夜からひらかれることになっていた。マウロが婚約者に決まっていたことは公にされていなかったので、おそらくは最初の予定どおり、お妃を選ぶ宴になるのだろう。

カシスはその舞踏会に参加しようと、渋るマウロも引きずってきたのだった。マウロは耳を撫で、尻尾を落ち着きなく振った。

カシスが用意して無理やり着せた服は、白いシャツにベスト、黒いズボン、後ろが燕の尾のように長い上着に蝶ネクタイで、いかにもパーティには相応しい。借り物だとは言っていたが尻尾を出せるつくりで、マウロは気が気ではなかった。

城にはマウロを見知っている人間も大勢いる。王子との婚約を断ったことも知れ渡っているはずで、それなのに舞踏会に来るなんてと眉をひそめられるだろう。

（せめて尻尾は隠してこれればよかったんだけど……）

ちらりと視線をやれば、ぞくぞくと集まってきた街の人たちが、マウロに注目しているのがわかる。平民も参加できるということで、大勢が来ているのだ。本来は資格のある年頃の娘か獣人だけのはずが、家族らしき人たちも城に入る列に並んでいた。その中にはマウロを指さして小声で囁きあう人もいて、いたたまれずに俯く。

「――カシス、僕……」

「だぁめ、帰さないわよ。あたしをエスコートもなしで放り出すっていうの？」

カシスは今度は腕にしがみついてきた。

「ほら、もう中に入れるよ。すごい数の人ね！　綺麗な庭！　まだ薔薇が咲いてるわ」

ひとりひとり、兵士が身なりや持ち物を確認して城の中へと通していく。もしかしたら追い返されるかもしれないと期待したのだが、兵士は耳と尻尾を見たものの、咎めることはなく「入れ」とだけ言った。

（門で追い返してもらえば、間違ってジルド様に会うことだけは避けられると思ったんだけど）

「見て、マウロ。空が紫色になってる。夕暮れのこの時間ってロマンティックよね」

ため息を呑み込むマウロとは対照的に、カシスはいつにも増して楽しげだった。大広間に向けて歩いていく人波にまじり、うきうきと空を指差す。

「一番星よ。あと二時間もすればお月様も綺麗に見えるはず。うっとりしちゃう……」

「カシスが月や星が好きだなんて知らなかったよ」

「失礼ねえ、あたしにだって情緒くらいあるわ。それに……」

横目でマウロを睨んだカシスは、腕をしっかりと抱きしめてにんまりした。

「今夜は特別だもの。気分があがるのも当然よ」

華やいだ彼女の表情に、ずいぶんパーティを楽しみにしていたんだな、とマウロは思い、三十分だけ我慢しようと決めた。カシスにはこの五日間、すっかり世話になった。怪我はたいしたことがないはずなのに、力が入らずふらついてばかりのマウロを、甲斐甲斐しく面倒をみてくれたのだ。親切な彼女と過ごすのもこれが最後だと思えば、パーティに少しのあいだつきあうくらいのことはしてあげたかった。

(これだけ大勢いれば、広間の端なら目立たないよね。尻尾が見えないように、壁にくっついていよう)

会場につけば、カシスの友達だっているはずだ。マウロはさりげなく城を抜け出し、カシスの家に先に戻ればいい。

(戻って着替えて、お礼の手紙を書いて……夜に港に行っても、乗せてくれる船が見つかるといいんだけど)

これからの計画を考えながらぼんやり歩いていたマウロは、興奮したカシスに腕を叩かれて顔を上げた。

「マウロ、マウロ！　すごいわ……！」

目の前に広がる大広間は、金と白で彩られた眩《まばゆ》い空間だった。驚くほど広く、天井から下がる何百というガラス燭台が宝石のように煌めいている。ずっと奥の正面には玉座が、左右には王妃と王子が座る椅子が置かれていた。その手前には楽団が壁際に扇状に並び、すでに音楽を奏でている。楽団の前に大きく空間がとられているのは、王子と相手が踊るためだろう。もうすぐここにジルドも現れると思うと、逃げ出したくて尻尾がそわそわした。

ちくん、と胸の奥が痛む。五日経っても悲しい、ふさいだ気持ちは晴れない。

「ご馳走はあっちね」

広間の中ほどから入り口にかけて、壁際を中心にいくつも長テーブルが並べられ、遠くからでも高々と食べ物が盛りつけられているのが見えた。肉の塊やチーズ、色鮮やかな果物、小さな器に盛りつけられたゼリーやスープに、カシスが目を輝かせた。

「いっぱい食べていいって言われたのよね……できれば全種類制覇したいわ」

ドレスの裾を持ち上げて駆け寄りそうなカシスに「僕はいらないよ」と言おうとして、マウロはテーブルのそばにサラディーノがいることに気づいて強張った。黒いお仕着せを着た召使い数人に、なにごとか指示を出している。頷いた召使いたちが去っていくと、誰かを探すように頭を巡らせて、マウロは咄嗟にカシスの後ろに隠れた。

「どうしたのマウロ？」

「……ちょっと目眩がして」

申し訳ないと思いつつ嘘をつくと、カシスは心配そうに顔を覗き込んだ。

「顔色が悪いわ。どこかに椅子があると思うから、座りましょ。食事はあたしが持ってきてあげる」

「大丈夫、先に帰るよ」

サラディーノの姿がまだ視界の隅に見える。幸いマウロに気づいた様子はなく、玉座のほうへと歩いていったが、いつ近づいてくるかわからない。それに、パーティがはじまれば当然ジルドも出てくるはずだ。

ジルドが自分ではない誰かと踊り、伴侶となる人を選ぶのを見るのは、覚悟していても苦しい。それどころか、一目あの姿を見たら、きっと胸が張り裂けてしまう。

壁際に連れていこうとするカシスの手をそっとほどこうとすると、カシスは眉をつり上げた。

「帰るのはだめ！　とにかくだめったらだめ！」

「でも、」

「鶏食べましょ！　丸焼きよ、絶対おいしいわ。一羽食べるまでマウロのことは掴んでおくからね」

「僕、おなかすいてな――」

「じゃあお酒でもなんでもいいから！　帰らせないからね！」

カシスはしがみついてくる。強引に突き放すこともできずに、マウロは困ってあたりを見回した。ものすごく注目を浴びてしまっている。信じられない、と顔を歪める女性の呟きが聞こえ、マウロは焦ってカシスの腕を叩いた。

「わ、わかったよカシス。もう少しだけいるから……」

そのとき、小さなどよめきが前方から聞こえてきた。はっとして目を向ければ、ジルドが大広間へと入ってくるところだった。軍の礼服姿は凛々しく、どよめきは感嘆のため息に変わって、さざなみのように広間中に広がった。

「はあ、ほんと、見た目だけは極上ねえ」

カシスが小さな声で失礼なことを呟く。

「ま、中身も案外可愛かったから、特別許してあげるけど」

「――カシス？」

ジルドを許すとはどういうことだろう。不思議に思って尋ねようとして、マウロはさっと身を縮めた。ジルドがこちらを向いたのだ。淡く笑みを浮かべた金の瞳が集った人々を見渡す。変わりなく美しく、健康そうな様子を盗み見て、マウロはほっとしながらも痛む胸を押さえた。

これから、彼は踊る相手を選ぶのだ。きっと幾人もと踊り、話をして、結婚する相手を選ぶのだろう。

きっと、こんなに遠く離れたマウロには気づかない。もちろん気づかれないほうがいいけれど——。

（どうして、まだこんなに痛いんだろう）

毒でも盛られたみたいに熱くて、ねじ切られるように痛い。身体の中がきりきりして、うまく息ができない。見つかりたくないのに声も眼差しも恋しくて——心臓が潰れそうだ。

とても耐えられない。

逃げよう、と半ば無意識に思い、踵を返すと、すぐ目の前にサラディーノが立っていた。目があってぎくりと強張った途端、背中に声がかかった。

「マウロ」

聞き慣れた、落ち着いていて美しい声だった。カシスが袖を引いたが、マウロは動けなかった。硬直した手足は冷たく、まばたきもできないまま周りの人たちが後退って場所をあけるのを見る。

硬い足音が響き、ジルドがマウロの前へと回ってきた。呆然と見つめ返すしかないマウロにやわらかく笑いかけた彼は、そのまま、優雅に片膝をついた。

「ふかふかのベッドと、好きに使える畑と台所はもう用意してあるよ。タフィー用の胡桃と砂糖とメープルシュガーは、絶対にきらさないと約束する」

楽しそうに響くジルドの言葉は予想しないもので、マウロは目を見ひらいた。周囲の人たちも戸惑いにざわついたが、ジルドは意に介さず、悠々と言ってのけた。

「いつかやりたいと言っていた店もひらけるようにしよう。故郷に帰るときはつきそうよ。マウロの好きなものは全部あげるから、二つ、私の願いを聞いてくれるかな」

「……ジルド様」

もらえません、と言うつもりで首を横に振ると、ジルドはそっとマウロの手を取った。

「じゃあ、私の願いを聞いてから決めて。とても叶えられないと思ったら、断ってくれていい」

「……ジルド様のお願いは、聞いて差し上げたいけど、でも」

「でも？　いやかな？」

でもきっとできない。こうして見ているだけでも、目の底が熱くて泣いてしまいそうだ。握られた手の肌の触れた部分は焼けそうだった。できません、と言いたくて、それでもマウロは言い直した。――これ以上、嫌われたくない。今でもまだ。

「いいえ。僕にできることでしたら、なんでもします」

「ありがとう」

嬉しそうに微笑んだジルドは、手の甲を撫でた。

「一つめは、マウロにたくさんわがままを言ってほしい」

「――――え？」

ぽかんとしてマウロは口を開けた。わがまま？

ジルドはこちらを見上げ、いっそう嬉しげに――幸福そうに目を細める。

「甘えてほしいと言ってもわかってもらえないから、言い方を変えることにしたよ。できれば私にだけわがままをいっぱい言ってほしい。たとえば、今日は出かけたいとか、一緒にお茶がしたいとか、耳を撫でてほしいとか、ひとりぼっちにしないでとか――ほかの誰も愛さないでほしいとか」

「ジルド様……、それは」

どうしてマウロの望みを知っているんだろう。言ったことはないはずなのに、と狼狽《うろた》えて視線を彷徨わせ、大勢に見られていることを思い出して俯いた。

「すみません、僕、もし気がつかないうちに欲張りなことを言っていたら……」

「私は言ってほしいんだよ、マウロ」

ジルドは立ち上がると、握っていたマウロの手を自分の胸に当てた。

「きみが私のそばにいたいと思ってくれると、私もここが熱くなる。私に撫でられるのが好きで、一緒にいたいんだと思うと、片時も放したくなくなるよ。マウロを満ち足りた気分にできる自分が誇らしくて、本物になれたような気がするんだ」

手のひらからはとくとくと確かな鼓動が伝わってくる。普通よりも少し速い、と気づいてジ

ルドの目を見つめると、彼は優美に首をかしげた。

「わかる？　どきどきしているだろう？」

「――はい」

「マウロのことが愛おしいからどきどきするんだ。きみのためなら苦労は厭《いと》わないし、なんでもしてあげたい。でも同時に、マウロにもたくさんしてほしいことがあるよ」

胸が触れあいそうな距離まで近づいて、ジルドはいたずらっぽい目つきでマウロを見つめた。

「わがままだって言われたいし、私のことは誰より一番に考えてほしい。タフィーはいろんな人に食べてもらってもいいけれど、たまには私のためにだけお菓子を焼いてほしいし、耳と尻尾は私以外には触らせてほしくない。抱っこして眠る権利も、他人に譲る気はないよ。――こんな強欲な私を、マウロはどう思う？」

どきん、と心臓が跳ねた。彼がなにを言いたいのかわかって、口元がおかしなふうに歪む。

「ジルド様に言われたら、嬉しいです。でも……でも、僕は」

「マウロからわがままは、やっぱり言いたくない？」

なぐさめるように目元を撫でられて、小さく頷く。そうだよね、とジルドは囁いた。

「私に、嫌われたくないからだ」

「……っ」

「だったら、二つ目のお願いを聞いてもらおうかな。マウロには、まだ一度も言ってもらっていないから」

「言う……？」

「特別な意味で好きだって言ってほしい」

くっと息がつまった。言えない。だって、今さらそんな勝手なことを言って、またジルドを危険な目にあわせたり、迷惑をかけたりするかもしれないのに。

「どちらか選んで、マウロ」

唇を震わせたマウロを、ジルドは静かに促した。

「本当の気持ちを伝えて私を幸せにするか、言わずに私を抜け殻にして、一生偽物のまま生きていかせるか」

「……っそんな言い方は、ずるいです」

「もちろん、私はずるいよ。だってマウロを愛しているから、きみのためならどんな手段だって使う」

お願いだ、と歌うように言う甘い声が耳に流れ込む。

「なんでもするって約束してくれただろう？　私を幸せにしてくれないか」

「――僕は、」

「私と離れて生きていくと思っても、少しも心は痛まない？　私が知らない女性と結婚して、あの家で過ごすとわかっても、苦しくならない？」

あの家、と言われると、ぱっと熱いものが弾けて、マウロはかぶりを振った。

「いやです……っ、あそこは、僕が、――ジルド様と、」

人生で一番幸せな時間を過ごした場所は、誰にも使ってほしくない。焦げつくようにそう思い、マウロはぎゅっとジルドの胸の上でこぶしを握った。

心はままならない。一番正しい方法は、綺麗に身を引くことのはずなのに。

うん、とジルドが頷いて、マウロの頭を抱き寄せた。

「私ときみが過ごした場所だ。もちろん、誰にも使わせたりはしないよ」

夢見るようにやわらかな声で、ジルドは言った。

「いやだと言ってくれてありがとう。嬉しいよ、マウロ」

「――ジルド様」

痛いように、甘いように、胸がよじれた。強欲な自分は醜いのに、それが嬉しい、とジルドは言うのだ。宝物のようにマウロを抱きしめて、小さな耳に唇を近づける。

「マウロには急にわがままになれと言うのは難しいだろうから、今日は一度だけでいいよ。こうやって抱きしめられるのは好き？」

甘やかす手つきで髪を撫でられて、ひくんと喉が鳴った。息がつまる。いけないことだ、と躊躇《ちゅうちょ》する気持ちを凌駕して、声はひとりでに溢れ出た。

「……好き、です」

「私のことが好き？」

「はい……っ、僕、ジルド様のことが、」

夢中でジルドの背中に手を回し、マウロは初めて、強く彼を抱きしめた。

「ジルド様のことが、好きです」

「私も大好きだよ、マウロ」

笑って、ジルドはマウロと目をあわせた。煌めく瞳がマウロを映して甘くたわみ、静かに近づいてくる。マウロはまぶたを伏せて、彼の唇を上手に受けとめられるように踵《かかと》を上げた。

キスは割れるような歓声に包まれて長く続き、終わったかと思うとマウロは涙ぐんだ国王夫妻から何度も礼を言われてしまった。一度はジルドの元を去った身で、彼を危険に晒してしまったのに、そのことについては誰も触れない。貴族たちからも祝福されただけでなく、参加した平民たちも羨むように顔を輝かせて口々に祝ってくれて、戸惑ったままお礼を言っているうちに、マウロはぐったりしてしまった。
ジルドに嫌われていなくて——愛されていたとわかって幸せだけれど、大きすぎる波に呑み込まれて、自分ひとりがなにもわかっていないみたいな気がする。

興奮を懸命に抑えながら「おめでとうございます」と言う若い女性二人ににこやかに応えていたジルドは、振り返ってマウロを見ると首をかしげた。

「耳に元気がないね。疲れてしまったかな。少し休もう」

「……はい」

肩を抱いて連れていかれたのは庭に張り出した露台で、広々としたそこにもテーブルと椅子が置かれていた。眩い室内とは一転して、小さなランプひとつだけで暗く、ほかに人の姿はない。マウロを座らせたジルドは「飲み物を取ってくるよ」と行ってしまい、マウロは背もたれに身体を預けてため息をついた。

まだ夢の中にいるようだ。頭がぼうっとしていて、目を閉じたら眠ってしまいそうな気がする。パーティは終わっていないのに眠るわけにはいかないと首を振ると、くすくすと笑い声がした。

「お疲れ様、マウロ」

「カシス！」

振り向くと、カシスは一人ではなく、サラディーノも立っていた。相変わらずやや険しい顔つきで、マウロはまごついて腰を浮かせかけた。サラディーノは眉をひそめて手を振る。

「どうぞ、そのまま休んでいてください、マウロ様」

「……マウロ、様？」

「今日からは正式にジルド様の婚約者ですから」

堅苦しい口調で言ってサラディーノは少し離れた場所に立ったが、カシスは気にせずにマウロの向かいに座った。

「サラディーノって融通がきかないのね。そんなにがちがちじゃ却ってマウロが緊張しちゃうじゃない。ねえ？」

「――ジルド様が、カシスには好きにさせろとご命令でなければつまみ出すんですがね」

「つまみ出さないなら黙ってなさいよ」

呆れた顔でサラディーノを一瞥したカシスは、ころりと笑顔になるとマウロのほうに身を乗り出した。

「どう？　大好きなジャック様、もといジルド様と両想いになった気分は」

「どうって……なんだか、変な感じ」

マウロは尻尾を前に回して抱きしめた。

「僕のこと、前はみんな嫌ってるみたいだったのに……貴族の人からもたくさんお祝いを言われたし、使用人の人まで嬉しそうだし」

ジルドが毒を盛られたことは一部の人間しか知らないのかもしれないが、それにしてもあまりにみんながマウロに好意的だ。それに、ジルドの態度も、改めて考えると不思議だった。

「……ジルド様、まるで僕が今日来るって知ってたみたいじゃない？」

「ふふ、気がついた？」

カシスは頬杖をついてにんまりした。

「なんとこの五日間、あたしとジャック様、じゃなかったジルド様はずっと連絡を取っていたのです！」

「――カシスが、ジルド様と？」

たしかにジルドとカシスは以前から知り合いだが、マウロは首をかしげてしまった。

「なんで僕がカシスのところにいるってわかったんだろう？」

「だって、うちで預かってくれって頼んできたのがジルド様だもの。正確には、ジルド様の頼みで、サラディーノがマウロを運んできたのよ」

「え？」

驚いてサラディーノを振り返ると、彼はしかめっつらのまま頷いた。

「あの日、あなたが城を出たあと、ジルド様が言ったんです。あそこまで頑なになるのはわけがあるはずだ、一緒に故郷に帰る者が誰か気になるって。それでおれに密かにあとを追うようにとご命令で、森の家には別途兵士を向かわせたんです。もしかしたら紅竜館の息子か、蛇の腕輪をつけた男かもしれないと言われていたんですが、本当にその通りでしたね」

「――じゃあ、あのとき家の外にいたのは……」

「おれたちです。蛇の腕輪の男もちゃんと捕らえましたよ」

もう一度頷いたサラディーノは、なにを思い出したのかいっそう顔をしかめた。

「ちなみに、ジルド様は同時進行で紅竜館にも人をやって、息子のことも捕まえさせたんですよ。ジルド様ときたら、城に戻ってからも抜け出してメイランに会いに行って、彼女からいろいろと話を聞いてたんです。……まったく、その都度おれにも言っておいてくれればよかったのに」

「仲間はずれにされて拗ねてるわけ？　サラディーノは」

カシスに揶揄《からか》われ、サラディーノはむっとしたように睨んだ。

「腹を立ててるんですよ。信用されてないみたいじゃないですか」

「だって、サラディーノは私が城から抜け出すとすぐ怒るじゃないか」

両手にグラスを持って、ジルドが近づいてくる。グラスをマウロの前に置くと、耳にかるく口づけた。

「マウロに関することは全部自分でやると決めたから、サラディーノに怒られる面倒をはぶいただけだよ」

包み込むようなキスと声音に、マウロはふんわり頬を染めた。

夢のように現実味がなくても、彼に見つめられると夢でもかまわない気分になる。

サラディーノは納得できないらしく、ぶつぶつ言った。

「だからって、噂をばらまくなんてやりすぎです」

「噂……ですか？」

隣に座ったジルドに肩を引き寄せられ、半分もたれかかりながら、マウロは彼を見上げた。

ジルドは目を細めて微笑む。

「うん。マウロのことは、皆にはゆっくり受け入れてもらおうと思っていたけど、ちょうどよく私に毒を盛ってくれたやつがいただろう。卑劣な企《たくら》みをした悪党に毒を盛られた王子を、マウロが献身的に回復させたこと、そのためには自身が犠牲になって奴隷として売られる覚悟だったということを、カシスに触れ回ってもらったんだ。世間はそういう献身的な愛の話が大好きだからね、絶対マウロと私の恋を応援してくれると思って」

「……そんな……」

どれも嘘ではないが、ちょっとずつ事実とは微妙に違っている。パーティに参加した街の人たちが、単なる祝福を超えて感激している様子だったのは、その噂のせいなのだろう。

「あたしは三度びっくりよ。いきなりサラディーノが気絶して傷だらけのマウロを連れてきて、ジャック様の頼みだから介抱してほしいって言われてまずびっくりでしょ。夜になったらジャック様が来て、実は王子だって言われてまたびっくり、これこれこういう理由で噂を流して、五日後には必ず舞踏会にマウロを連れてきてくれって言われてびっくり。まさかあのジャック様が、恋をしたら手段を選ばない人だったなんてねえ」

「不敬だぞ」

サラディーノが律儀に咎めたが、本気ではないのか語気は弱かった。ジルドはマウロの髪に指を通し、そっと顔を近づけた。

「ごめんね。メイランから聞いていたから、蛇の腕輪の男がうろついているのは知っていたのに、きみをひとりで薬草探しに行かせてしまった。唯一反省することがあるとすれば、マウロに怖い思いをさせたことだよ。――きっと、切り抜けて戻ってきてくれると信じていたけど」

「……ジルド様」

「カシスのところにいるあいだも不安だっただろう？　タスカ家以外にも結婚に反対する貴族がいるだろうと思って、念のため城の外にいてもらったんだ」

「僕なら、全然大丈夫です」

額をくっつけて囁かれると、苦しかったことも溶けて消えていく気がする。手を握りあって微笑んでみせると、向かいのカシスがつまらなそうにヒールの踵を鳴らした。

「正直に言えば？　王子様。万が一ってこともあるから、マウロの気持ちを確かめておいてくれってあたしに頼んだこと」

「……ジルド様、本当ですか？」

びっくりして彼女とジルドとを見比べると、ジルドは珍しく拗ねたような顔をした。

「だって、仕方ないだろう。マウロは私がいくら言っても、妹のかわりだと思い込んだり、愛されてないと思ったり、自分の気持ちも口にしてくれないから。それは恋だとカシスに言ってもらったほうが、説得力があると思ったんだ。——こんな私は卑怯で嫌いかな？」

目の高さを揃え、鼻先をすりあわせて、ジルドは聞いてくる。甘えるような口調に胸の中がくすぐったく震えて、マウロは「いいえ」と囁いた。

「嬉しいです。……ジルド様が心から、僕といたいって思ってくれてるのがわかるから」

たぶん、気絶して城に連れていかれていたら、申し訳なさでいっぱいになったまま、ジルドの求婚も素直に受け入れられなかった気がする。きっとジルドにはそれもわかっていたのだろう、と思えて、マウロはぎこちなくジルドに抱きついた。

「僕、ジルド様がしてくださることは、全部好きです」

「また可愛いことを言ってくれるね」

マウロの頭を引き寄せて撫でたジルドは、右手を尻に回すと掬うように抱き上げた。

「集まった人たちには、未来の妃が疲れてしまったからもう下がると伝えてある。——部屋に行こう」

耳に口づけて囁かれ、ぼうっと全身が熱くなった。低い声は誘うようで、部屋に戻ればなにが待っているか、いやでも思い知らされる。

（また愛していただけるんだ……）

カシスも見ているのに恥ずかしい。けれど同時に、誇らしいような気がして、マウロはきゅっとジルドに掴まった。くるんと巻いた尻尾を、そっとジルドの腕に添わせる。

抱かれたまま露台から大広間へ戻り、ざわめきが取り巻くのを感じたのもつかのま、すぐにしんとした廊下へと運ばれていく。

ジルドの部屋につくと、ベッドの周りには甘い香りのする花が飾られていて、心地よい目眩がした。灯りは枕元のランプひとつだけで、窓の外のほのかな月明かりが、部屋を青く満たしていた。

丁寧に横たえられるのと同時に、待ちかねたように唇が重なってくる。

「……、ん、……っ」

食《は》むように唇を吸われ、粘膜が触れ、ひくりと身体がわななないた。幾度もしたはずのキスなのに、初めてみたいにどきどきする。肩を掴んだジルドの手が、蝶ネクタイを外し、ボタンを外すのが生々しく感じられた。

ちゅくりと舌が絡められ、マウロは気持ちよさにうっとりと力を抜きかけた。けれど、ジルドはなぜかキスをやめ、じっと見下ろしてくる。

「――ジルド様？」

「マウロは、私とキスするのは好き？」

今にも触れそうな距離で囁かれて、じわりと頬が熱くなった。

「……はい。好きです」

「じゃあ、手は私の首に回して。マウロからもキスしてみて」

手を掴んで導かれ、マウロはおずおずと彼の首筋に手を添えた。自分からはキスどころか、めったに触れたことさえない。下から頑張って唇を差し出し、そうっと押し当てると、緊張と触れあう感触に背中がぞくぞくした。すぐにジルドからもキスが返ってきて、舌が熱っぽく口の中をかき回す。

「つん、……ぅ、……は、……んんっ」

角度を変えて貪られるたびに、じんとした痺れが広がっていく。唾液がこぼれて口の周りが濡れるまでキスされ、完全に息が上がってしまうと、ジルドはマウロの上体を起こさせた。

「服を脱がせるから、マウロも私の服を脱がせてくれる？」

「わ、わかりました」

今までしたことがない、と思うと恥ずかしさに顔が火照るけれど、そうしてもいいのだ、と感じられるのは嬉しかった。燕尾服《えんびふく》とベストを脱がされ、シャツのボタンをすっかり外されるあいだに、慣れない手つきでジルドの礼装を脱がせていく。どうにか中のシャツのボタンを外しはじめたところでジルドは下肢に手をかけてきて、マウロは再び仰向けに横たわった。

「ごめんなさい……僕、遅くて」

「初々しくて可愛いよ。そのうち、もっと上手になる」

手際よく下半身も裸にしたジルドは、嬉しげな視線で股間を見つめた。

「キスして服を脱いだだけでも、もうこんなにかたちが変わっているね」

「——っ、み、見ないで」

「恥ずかしがらなくてもいい。私も同じだから」

ジルドはマウロの右手を己の下半身に触れさせた。手のひらに硬さと熱が伝わり、マウロはこくんと喉を鳴らした。——触れると、想像よりもずっと大きい。

ジルドはマウロの反応に微笑んで、上着とシャツとを脱ぎ捨てた。見せつけるようにズボンも脱いで、優美な裸体を晒す。わずかな灯りに照らし出されて陰影がついた胸や腹。そそり勃った雄までかたちよく、マウロの性器とはまるで違って見えた。

「私の上に座って、マウロ」

「……ジルド様の上に？」

「そう。向かいあって、膝の上においで。後ろを慣らすあいだは尻尾が痛くないほうがいいだろう？」

手を引かれ、言われたとおり膝をひらいてジルドの太腿の上にまたがると、性器と性器が触れそうになる。思わず腰を引きかけると、ぐっと抱き寄せられて、先端がこすれた。

「……ッ、ぁ、……っ」

「少しだけお尻を浮かせて。私に掴まって、気持ちよかったら動いてもかまわないからね」

ジルドは左手で背中を抱き、右手で尻を撫でてくる。

「今日は慣らし油を使おう。早くつながって、中から気持ちよくしてあげる。お尻の中が気持ちいいの、覚えてる？」

「——は、……い、」

ぬるりとしたものが窄まりに塗り込められ、マウロは震えながら頷いた。気をつけていても、ときどき性器同士がぶつかってしまうのがたまらない。痛いくらい張り詰めたマウロの分身からはとろとろと蜜が溢れ出していて、我慢しようとしても腰が揺らいだ。窄まりの中に指を入れられれば、余計に動いてしまう。

「ぅ……んっ、……は、……っ、ん、く、」

「達ってもかまわないよ、マウロ。動いて、私のものにきみのをこすりつけてごらん？　そうしてくれると、私も気持ちがいいからね」

ゆるゆると体内を探りながら、ジルドはマウロの肩に口づけた。

「っ、ジルドさまも、……気持ち、いい？」

「ああ、気持ちいいし、嬉しいよ。動いてみせて？」

そう頼まれれば、いやとは言えなかった。マウロは二人の身体のあいだに視線を落とした。頼りない桃色をして濡れた自分のペニスを、雁首《かりくび》の張り出した肉色のジルドのものに、おずおずとすりつける。

「ふ……っ、ぁ、……ッ」

「上手だねマウロ。お尻の孔も、久しぶりなのに奥がちゃんとやわらかい」

「ん……っぁ、……ふ、……っぁ、」

ぬめりをまとった指は抵抗なく根元まで埋まってくる。異物感にきゅっと締めつけてしまうと、溶けるような快感が腹の内側から広がった。たまらずに腰をくねらせれば、性器のむずがゆい痛みと受け入れる喜びとがまざりあう。火で炙《あぶ》られたように下半身全体が熱く、マウロは掴まる手に力を込めた。

「ジルドさまっ……僕、ぁ、と、とまらな、……ぁ、……っ」

背中がしなり、とめたいのに腰が前後に動く。尻尾は何度も波打ち、指を呑み込んだ窄まりからは、動きにあわせてぬちゅぬちゅと音が響いた。

「遠慮しないで。そのまま達って、出して」

「でも、……ぁ、……っ、は、……ん、ん……ッ」

いつも自分ばかりが達しているのは申し訳ないのに、中の指がとんとんと叩くように刺激してくると、ぱあっと頭が真っ白になった。白濁を噴き上げ、なおもこすりつけてしまいながら、マウロは甘い絶頂に身体を震わせた。

「ぁ……は、……あ、……は、……ぁ、」

「そのまま力を抜いていて。指を増やすからね」

首筋や肩にキスを繰り返し、ジルドは左手で尻肉を広げ、ゆっくりと揃えた指を押し込んでくる。太さを増した感触に、窄まりが呼吸するようにぱくぱくした。

「素晴らしいな。マウロのここ、無理に入れなくても吸い込んでくれるよ。こうして動かしても痛くない？」

「――ッ、ぁ、……あっ」

ず、と抜けかけた指が、抉るように奥へと入った。そのまま、ぱちゅん、ぱちゅん、と音をさせながら幾度かピストンされ、視界がちかちかと明滅した。

「い……たく、な……、い、ですっ……、ぁ、……ん……っ」

「本当に？　こんなふうに激しくされても？」

「……ぁっ、んんっ、だ、いじょぶ、……で、す……ぁ、あっ」

「ちゃんと気持ちよくなれてる？」

「はいっ……、きもち、ぃ……っ、から……ぁッ」

勢いよく出し入れされたり、中で指を曲げられたりするたびに火花が散る。腹が熟れたようにとろけて感じられ、性器からはぷしゅりと蜜がこぼれた。もどかしいような快感に、マウロは指を食い締めながら喉と背を反らした。

「……っ、ふ、……ッ、ぁ……っ」

不規則に震えが走る。びくびくと痙攣する身体を抱きしめて、ジルドはうっとりと言った。

「可愛いね。指だけでもかるく達してしまうなんて。奥も潤んでいるし、これなら貫通できそうだ」

がう。
「ジルドは優しく口づけた。指を抜き、マウロを抱き上げるようにして、己を窄まりへとあて
「マウロの大事なところをもらうんだよ」
「か……ん、つう?」

「最初はこのままにしよう。もう一度達ってたっぷり気持ちよくなろうね」

「ア……っ、……は、……ッ」

みっちりと張りつめた切っ先が、肉襞の中に突き立ってくる。焼けつく熱さが股間を、下腹部を襲い、マウロはジルドにしがみついた。苦しい。ジルドの分身は腹が破裂しそうなほど大きく思えて、ずんと勢いをつけて穿たれると身体中が痺れた。

「ぁ……く、……っ、ん、ぁ、あ……ッ」

痛いほどなのに、不思議なほどなめらかに入ってくる。限界まで雄を受け入れると腹の奥がひしゃげる感覚があって、太腿がぶるぶると震えた。ジルドはマウロの顔を覗き込み、短くキスしてくれた。

「マウロは私に掴まっていればいい。動かしてあげるからね」

言うなり尻を持ち上げられて、ずるりと性器が引き出される。ひ、と息を呑むと再び奥まで突き入れられ、かあっと視界が赤くなった。

「——ッ、は、……ア、……ッ、あ、……ッ」

ジルドは両手でマウロの腰を掴み、軽々と動かして己を抜き差しした。揺さぶられながら中を肉杭で攻められ、奥に切っ先がぶつかるたびにびりびりと快感が突き抜ける。

「つだ、め……ぇ、ジルド、さま、ぁっ、あ、……ぁ、……ア、……っ」

こんなのおかしくなる、と思った直後には弾けていた。性器からは精液が溢れ、続けて腹の底から疼いて溶けるような、えも言われぬ愉悦が押し寄せてくる。きゅうんと身体が反り返り、尻尾までがひくひくと震えた。

長い絶頂だった。なにも考えられずに翻弄されたあとには意識がふわふわとして、気づいたときには仰向けに横たえられていた。まだ硬い雄が窄まりをふさぎ、それで初めて、一度抜かれたのだとわかる。

「ジ……ルド、さま」

「怖い？　マウロ」

まばたくと優しい手が頬を撫でた。身体を重ね、ついばむようにキスしてくれる。

「どうしても怖いなら、まだ全部はもらわないでおくよ」

「――いいえ。ただ……ジルドさま、にも、きもちよくなってほしくて……」

「マウロの中はとても気持ちいいし、マウロが達した顔を見せてくれるだけでも、これ以上ないほどの快楽だよ。きみに快楽を味わわせられるなんて、最高の幸せだ」

汗で濡れた髪に指を通して、ジルドは甘く目を細めた。

「大事な部分でも、マウロが気持ちよくなってくれると嬉しい。はじめは苦しいかもしれないけど、頑張れる？」

「……はい」

できないわけがなかった。

してください、と囁いて、力を抜いてジルドにすべてを預ける。左脚を持ち上げたジルドは、ゆっくりと挿入すると、奥までおさめて一度とまった。反応を確かめるように突かれると、行きどまりのそこがぐずぐずと崩れているように感じられる。

「ゆるんでいるね。……ありがとう、マウロ」

ほっと息をついたジルドが上体の角度を変える。狙いを定めたのだとわかって一瞬不安が駆け抜けたが、切り込まれるとなにもかもが霧散した。

「――――っ！」

胸まで中から抉られたかのような衝撃に声も出ない。けれど痛いと感じたのは数秒で、熱感が勝ると腹がひくひくとうごめいた。――信じられないほど深くまで、ジルドのものが入っている。

「ぁ……、っ……ぁ、あ……」

重くて熱い。腹から下が自分の身体ではないように感じられるのに、貫かれた場所の感覚だけが鮮明だった。

ジルドは幸福そうに、マウロのくったりとした性器の根元から臍《へそ》に向けて撫で上げた。

「つながれたよ、マウロ。いずれはここを精で満たして、私の子供を身籠るんだ」

「……っジ、……ルド、さ、ま」

「不思議だね。こんなにも愛しくてたまらなくて、愛の証《あかし》になるなら何度でも孕《はら》ませたいと
——この私が思うなんて」

ほのかに微笑む表情に胸が締めつけられて、マウロは無意識のうちに手を伸ばした。

「ジルドさま。……好き、です」

「……マウロ」

「ぼくも、愛していただきたい、から……た、たくさん、してください」

どうして、勘違いでも彼と離れて生きていけるなどと思ったのだろう。身体をつなげてさえ足りない気がするくらい、そばにいたいのに。

「……愛して、ます」

言い慣れない言葉を囁いて指を絡めると、ジルドは痛みを覚えたように眉根を寄せた。目を伏せ、ため息をこぼして——彼は言った。

「私も、愛しているよ」

つないだ手を持ち上げてキスし、それから覆い被さるようにマウロの脇に手をついた。貪る勢いで口づけながら巧みに腰を使われ、マウロは喉の奥でうめいた。

「ぅ……ッ、ん、ぅ……、ふ、……ぁ、……ッ」

狭くくびれた門を、雁首が抉るように行き来する。貫かれるたびに奥深い場所はびしゃびしゃと濡れていくようだった。このまま身体が崩れてしまいそうだ。でも、その危うい予感が、甘く誇らしい。

いっそ溶けあってしまえたらいいのに、と思いながら、マウロは夢中で寄せられる唇に吸いついた。

「んん……っは、……ぁ、……ッぁ、あ、……ッァ、」

穿たれると身体がぶれて、うまくキスできない。もどかしいけれど、上気した肌がこすれあうのも悦《よ》かった。ジルドの息も荒いのが嬉しい。乱暴なくらい蜜肉をかき回す分身の硬さも、求められていると思うと甘い感慨が込み上げた。

「あ、……ん、……ぁ、……っ、ジル、ド……さま……っ」

また達してしまう。今までよりも深く、引きずりこまれるような快楽の前兆に、マウロははたはたと尻尾を振った。

「い……く、いっちゃ、い、ます……っ」

「私も出すよ。我慢しないで」

苦しげな呼吸をしつつも、ジルドの声は優しかった。促すようにひときわ強くピストンされ、ぴんとつま先まで強張る。

「――あ、……、……――ッ！」

突き抜ける快感が全身に満ちて、真っ白に膨れ上がる。きゅんきゅんと甘酸っぱく胸と腹が引き絞られ、四肢の感覚が消えていく。ジルドの分身だけがくっきりと存在を主張していて、それが脈打つ動きに陶然とした。

放たれた精があたたかな粘膜を濡らしていく。沁みるように広がっていくと感じ取れたのは錯覚かもしれなかったが、マウロは安堵にとろけて目を閉じた。

窄まりが喜ぶように閉じたりひらいたりしている。太いものをしっかりとくわえ込んでいるのはひどく満ち足りた気分で、このまま貫かれたままでもいい、と思う。

離れたくない。

力の入らない腕でジルドに抱きつけば、応じるように唇が重ねられ、マウロは自分からもゆっくりと舌を絡めた。

甘くて苦いキャラメルの香りが、冷たい冬の空気へと溶け出していく。今年は寒さがいつもより厳しくて、ノーチェの街でも雪が降るかもしれないと噂だった。

生き物にとっては試練の季節でも、マウロは冬が好きだ。ぴりりとするほどの寒さがあると、家の中のぬくもりがいっそう幸福に感じられるから。

深呼吸すると、ふわりと後ろから抱きしめられた。

「朝から楽しそうだね、マウロ。尻尾が膨らんでる」

「おはようございますジルド様。……だって、今日はお店を開ける日ですから」

振り向いて、マウロはジルドを見上げて笑みを浮かべた。

「タフィー、嬉しくて今朝も焼いちゃいました。余ったらお城に持っていって、みんなに食べてもらいましょうね」

ここは街外れのジルドの——ジャックの家だ。台所ではサミーが朝食の準備中で、応接間の部分は改装し、マウロがタフィーの店として、客を迎え入れる場所になった。結婚するための約束だからと、ジルドが準備してくれたのだ。

想いを通じあわせた舞踏会からふた月。忙しい城での生活のあいまを縫ってこの家で過ごし、今日が念願の、タフィーの店の開店日だった。

「マウロのタフィーがあれば、サラディーノも少しは不機嫌がおさまるだろうからね」

プラチナブロンドの頭をすり寄せるようにして、ジルドはマウロを抱きしめてくる。ちゅっと耳をついばまれ、くすぐったさに首を竦めた。誘うようなキスの仕方は、朝に似つかわしくなく色っぽい。

「ジルド様……、だめです。朝ごはん……サミーが、ん……っ」

「台所を覗いてきたんだ。まだオムレツを作りはじめたばかりだったから、大丈夫」

「……ぁ、」

唇と唇が重なりそうになり、いけないと思いながらも目を閉じかけたとき、盛大な咳払いが響き渡った。マウロは慌ててジルドの胸を押した。入り口に立ったサラディーノが、じろりと視線を向けてくる。

「おはようございます、マウロ様、ジルド様」

「お、おはようございます。ずいぶん早いんですね」

「おれは勤勉なんです。結婚式の準備も中途半端なのに、タフィーの店が先だとか言って城に戻ってこない主人たちと違って、とっても！　とっても勤勉なんです」

「嫌味ばっかり言ってると眉間の皺が取れなくなるぞ、サラディーノ」

マウロの腰を放さないまま、ジルドは呆れた顔をしてみせた。サラディーノがぐっと眉をはね上げる。

「誰のせいだと思ってるんですか！　ジルド様も、あんまりいちゃいちゃするのはやめてください。門の外にはもう客が待ってるんですよ。窓のそばで口づけなんかして、万が一にでも見られたら王子の威厳が……」

「え、お客様、もう来てるんですか？」

マウロはびっくりしてぴんと耳を立てた。

「ええ、並んでいました。十時の開店までまだ三時間もあるのに、何人もいましたよ。ちなみに先頭はカシスとメイランです」

「カシスたちが？　どうしましょう……寒いですよね。もう開けたほうがいいでしょうか」

「少し早めるのはいいと思うけど、まずは朝食だ。メイランたちはあとで、食堂でお茶を飲んでもらおう」

ジルドは顔を綻ばせ、マウロの肩を抱いた。愛おしげに下腹部に手を当ててくる。

「そのうち、私との愛の結晶をここに授かるんだからね。今からちゃんと、健康には気をつけておかないと」

「それについては賛成です」

生真面目にサラディーノにまで言われて、マウロは赤くなった。命は宿ったとしても、すぐにはわからないのだそうだ。今のところはまだだと城のお医者様には言われているけれど、その日はきっと遠くないだろう、という予感がしていた。

「僕、子供ができるとしたら、きっと春だと思います」

抱き寄せられて食堂に向かいながらぽつんと呟くと、ジルドが不思議そうに首をかしげた。

「どうして？」

「リス族はたいてい初夏に結ばれて、冬の終わりか春に子供を産むんです。なので、僕もそうかなって」

「それなら、結婚式が終わったあとか」

王子の結婚式は、外国からも客を招いて、春に盛大に行われることになっている。

「だったらなおのこと、マウロはたくさん食べなくちゃ。まだまだ痩せているからね」

「丸くなりましたってば」

ぷにぷにと頬をつままれて笑ってしまいながら食堂に入れば、サミーがオムレツを並べているところだった。真ん中に置かれた籠を指さして、茶目っけたっぷりにウインクする。

「お二人とも、今朝は甘いものが必要でしょう？　きっと食べたいだろうと思ってタフィーを用意しておきましたからね」

「ありがとうございます」

甘い匂いを嗅ぐと空腹だったことに気がついて、マウロはさっそくひとつ取った。それから、思い立って半分に割る。

「ごはんの前ですから、半分こにしましょう、ジルド様」

「そうだね、それがいい」

ジルドは嬉しそうに頷いてタフィーを受け取った。

視線を交わしながら口に入れれば、ほろ苦くて甘い味が舌に沁みる。小さな窓からは朝の光が差し込んで、ジルドのプラチナブロンドがきらきらと光る。おいしいね、とジルドが微笑むと、飲み込んでも甘い味があとを引いて、マウロは幸せを噛みしめた。

味の消えないキャラメルはないけれど、この幸せはいつまでも続くのだ。

あとがき

こんにちは、または初めまして。葵居《あおい》ゆゆです。

カクテルキスさんでの二度目の本は、もふもふものにしてみました。今回の受さんはリスです！　リスはなんといっても大きな尻尾と小さな耳、ちょこちょこした動きが可愛いですよね。マウロもなるべくその可愛さが出るといいなと思いながら書きました。リスの獣人、というところから考えはじめたら生い立ちが不幸になってしまったので、相手はいっぱい幸せにしてくれそうな王子様にしようと決めたのですが、キャラクターを掘り下げていくうちに、ジルドもなかなかに可哀想な性格の人になり……。王様や王子様って、どこか孤独なイメージがあります。でも、独りだった彼だからこそ、マウロを包み込んで溺愛していってくれるのではないかと思います。

そんな感じで、人を愛せなかった王子とひとりぼっちだったリスの獣人という、寂しい者同士の出会いと恋のお話になりましたが、楽しんでいただけましたでしょうか。キャラメルタフィーをキーアイテムにしたので、読後に食べたいと思ってもらえているといいのですが。キャラメルの味がたまらなく好きで、以前ＳＳではキャラメルネタを書いたこともあるので、たっぷり書けて満足でした！

また今回は、どこか遠くの物語を翻訳した感じで、敢えて現代的な用語を使ったりもしたのですが、わかりやすくしつつもマウロたちの世界に浸っていただけていれば嬉しいです。

イラストは古澤《ふるさわ》エノ先生にお願いすることができました。何度も先生が挿絵担当のご本を拝見していたので夢のようです！　キャララフの段階からジルドもマウロもイメージぴったりに描いていただき、拝見するたびにうっとりしていました。やはりもふもふはイラストで見ると最高ですよね。華やかに彩っていただいたおかげで、本文も楽しく読んでいただけているといいなと思います。古澤先生、ありがとうございました。

プロット時から励ましてくださった担当さん、感想を添えてくださった校正者さん、制作印刷に関わってくださった皆様、営業流通、販売の皆様にもこの場を借りてお礼申し上げます。いつもありがとうございます。

ブログではまたおまけSSを公開したいと思いますので、後日談が好きな方は見てやってくださいね。この本が少しでも、楽しい読書時間をお届けできていれば嬉しいです。ご感想も、よろしければお聞かせくださいませ。お待ちしております！

最後までおつきあいありがとうございました。またお会いできれば光栄です。

二〇二一年十二月　葵居ゆゆ

Cocktail Kiss Label

カクテルキス文庫をお買い上げいただきありがとうございます。
先生方へのファンレター、ご感想は
カクテルキス文庫編集部へお送りください。

〒102-0073　東京都千代田区九段北3-2-5 5F
株式会社Jパブリッシング　カクテルキス文庫編集部
「葵居ゆゆ先生」係 ／「古澤エノ先生」係

◆カクテルキス文庫HP◆ https://www.j-publishing.co.jp/cocktailkiss/

キャラメル味の恋と幸せ

2021年12月30日　初版発行

著　者　葵居ゆゆ
©Yuyu Aoi

発行人　神永泰宏

発行所　株式会社Jパブリッシング
〒102-0073　東京都千代田区九段北3-2-5 5F
TEL　03-3288-7907
FAX　03-3288-7880

印刷所　中央精版印刷株式会社

ISBN978-4-86669-455-9　Printed in JAPAN